スノードロップ

Galanthus nivalis L. *Snowdrop*

島田雅彦

Shimada Masahiko

新潮社

スノードロップ

いつの時代とも知れないが、そう遠くない未来の物語

少女でもなく老婆でもなく

もう涙を流すこともない。すでに一生分泣いたのだから。
何も怖いものなどない。すでに一度死んでいるのだから。
失うものなど一つもない。すでに全てを奪われているのだから。
私の名前はスノードロップ。
こちらで穏やかだけど退屈な人生を享受しています。
あなたもそちらでご苦労なさっているのですね。
私はパラレルワールドにいるあなた、あなたは可能世界にいる私。
お互いの日々の労苦を想像し合い、希望を失わず、
今しばらく自分がいる世界に耐えることにしましょう。

私は鏡の前に立ち、よく向こう側の自分に問いかけます。「あなたの心は穏やかですか？」と。
すると、左右反対の私はこう答えるのです。

――くすぶっています。燃えるでもなく、消えるでもなく。

――あなたも随分、黄昏《たそが》れてしまったのね。もうありのままの自分ではいられない。

――あら、黄昏も美しいものよ。とりわけ辛いことがあった日の黄昏は心に染みる。

――眼鏡をかけて、よくご覧なさい。小皺や弛《たる》みやシミが目立つ。

――そうやって粗探しをするのはあなただけ。ほら、こうやって上手に修復すれば、少女の残滓が現れる。

――そうやってなけなしの少女を前面に押し出すわけね。

――そうよ、心は顔について来るのよ。顔が若返れば、くすぶっていた心にも炎《ほむら》立つ。

少女でもなく、老婆でもなく、春でもなく、冬でもない。ここにいる私は私ですらなく、影や風、木漏れ日のようなもの。遠い昔に短い春があったような気がしますが、それも夢の出来事と同じです。確かに少女は夢の中でしか生きられない生き物です。ならば、微睡《まどろ》みに身を任せてしまえば、どんな老婆も少女に転生できるでしょう。それが唯一の救いといえるかもしれません。

私が老いたのではありません。この世界が老い、過去のしがらみでがんじがらめになっているのです。神話の時代から続く世界最古のファミリーの一員になった時から、標準時間とは別の時間の下で暮らすことになりましたが、怒りと嘆きをかき消すこの空虚に佇み、何も思わぬこの瞬間、心に乾いた風が吹き抜けるこの切ない刹那、私はこの星に暮らす数え切れないノーバディたちと心を通わせるのです。

ハートに火をつける

主治医の勧めに従っているわけではないけれど、週に一度、森に散歩に出かけます。森はそそける私の心を鎮めてくれます。公務に多忙な夫が付き添うのはごく稀で、お供も連れずに一人気ままに分厚い腐葉土を踏み締めます。そして、かすかな悲鳴を上げながら飛ぶ小さな刺客が私の腕に残していった痒みをひとしきり味わうのです。

森の中の邸には全部で十七の部屋があります。特にいつとは決めていませんが、月に二度ほど気紛れに、全ての部屋に蠟燭を灯すことにしています。電気の照明を全て消し、お百度を踏むように部屋から部屋へ、葉巻用の軸の長いマッチを手ずから擦って、燭台や行燈に据えた蠟燭一本一本に火をつけて回るのです。大きな部屋には二十本、小部屋には三本から七本、玄関や回廊、階段にも一定の間隔で置いてゆくと、その数は煩悩と同じ一〇八本にも及びます。

わずかな気の流れも炎は敏感に察知します。揺らぐ炎はしきりに何かを私に伝えようとするのですが、その意思を推し量ることはできません。それでも揺らぎは私の心に共振し、静かに胸騒ぎに変わります。全ての蠟燭に火を灯すと、最初の部屋に戻り、各部屋を巡回し、火が消えていたら、また灯し、短くなった蠟燭にはまた新たに蠟燭を重ねます。誰もいなかった部屋にはいつしか、灯りに誘われた死者たちが集まって来ます。死者は無色透明な蛾のように飛んでくるのです。真夜中の園遊会がしめやかに始まります。これは宮中で行われる祭祀とは何の関係もない、極めて個人的な儀式ですが、死者たちに鼓舞されて、自分のハートに火をつけるために行っております。

この世に女と生まれた者の試煉

朝はなかなか起きることができませんが、夜はいつも本を読みます。まだ娘の舞子が小さかった頃、様々な物語を読み聞かせましたが、自分も母から同じ物語を聞かされたことを思い出します。なぜ、ヒトは自分が経験しなかった架空の物語を踏襲しようとするのでしょう？　何一つ教訓など得られないのに物語を読むことをやめられないのは、乾いた心を潤すためでしょうか、それとも別世界に暮らすもう一人の自分と出会うため？　神話や童話はどんな宗教の戒律や法よりも心に響きやすい分、万人に普遍的な救済のヒントを与えてくれます。とはいえ、改めて、童話を読み返してみると、薔薇色の人生などというものはないということが痛々しく伝わってきます。あまり深く考えないまま舞子に読み聞かせた童話は、どれも女性が辿る運命に対する心の準備を促すものばかりで、幼い頃からあまり偏見を植えつけるべきではなかったと後悔しています。

人間の男を愛してしまった人魚姫は「王子の愛を獲得できなければ、泡と消える」と魔女にいわれながらも、魚類の下半身を人間の脚に変える薬を飲み、声を失い、一歩進むたびにナイフで抉《えぐ》られるような激痛に耐えなければなりませんでした。女は男に愛されなければ、泡と消える儚《はかな》い存在で、声を上げたくても沈黙を強いられ、性的な痛みを引き受けなければならないという寓意でしょうが、それが嫌なら魚類のままでいよ、とは身も蓋もありません。また、なぜ人魚は雌しかいないのでしょう？　雄の人魚は絶滅してしまったのでしょうか？

　薄情な王子は隣国の姫との縁談が持ち上がると、人魚姫を捨て、彼女と結婚してしまいます。人魚姫の姉たちは髪を売って手に入れた短剣を妹に渡し、「王子を殺せば、人魚に戻れる」という魔女の伝言を授けます。しかし、暗殺することも、王子の愛を取り戻すこともできないまま、人魚姫は海の泡と消えますが、やがて、風の精に生まれ変わり、涼しさと花の香りを振りまき続ければ、いつかは魂が得られると精霊に慰められます。

　踏んだり蹴ったりの仕打ちに耐え、それでも王子を恨まず、彼の幸福をそよ風となって願いなさい、とアンデルセンは少女たちに諭したのでしょうか？　あまりの過酷さに少女時代の私は思わず笑ってしまいました。通訳を雇って、鈍感な王子に事情を説明する、とか、漁師や船乗りに乗り換える、とか、王子を暗殺する、とかほかの選択を考えられるようなしたたかな少女以外は全員、海の泡になって消えなければならないのが、この世に女と生まれた者の厳しい運命なのかもしれません。

「自分が世界で一番美しい」という継母である王妃の自惚れの犠牲になった白雪姫はどうでしょう？　彼女はただ「美しい」ということ以外、何も罪を犯していませんが、何度も暗殺の危機に晒されます。その度に森に住む七人の小人たちに助けられ、最後は白雪姫の美貌に一目惚れした王子が「死体でもいいから」と彼女をもらい受けます。ガラスの棺を担いだ家来が木の根に躓《つまず》いた拍子に、白雪姫はリンゴを吐き出し、息を吹き返します。

王妃の嫉妬のあまりの深さと「死体でもいい」といった王子の不気味さに呆れますが、結局、白雪姫は王子が現れるのをただ待っていただけで、自分からは何一つ生き延びるための努力をしていません。無抵抗の受身の姿勢で待ち続けていれば、幸福は必ず訪れると信じなさい、という教訓でしょうか？　それを信じたら最後、少女は一体何度殺されることになるでしょう。白雪姫はせめてもの抵抗として、全ての元凶である鏡を割るべきだったと少女時代の私は思ったのでした。

鏡といえば、悪魔があらゆるものを歪めて映す鏡を作り、神や天使をからかっていたというエピソードから始まるのは『雪の女王』でした。割れた悪魔の鏡の破片が目や心臓に入ると、性格が歪むらしく、カイという少年も屁理屈をこね、仲良しだった幼馴染みの少女ゲルダにも冷淡になってしまいます。これは思春期の寓意でしょう。思春期の少年は急に女の子を疎み、性的妄想と破壊衝動に引き籠もるものです。雪の女王がソリ遊びをするカイを誘拐し、宮殿へ連れ去ってしまいますが、ソリ遊びは自慰行為の、雪の女王による誘拐は大人の女性の誘惑の寓意でしょうか？　ゲルダはカイを探す旅に出ます。太陽や花、動物に手がかりを求め、途中、王子と王女の援助で馬車を与えられるものの、山賊に襲われ、殺されそうになりますが、山賊の娘に助けられます。ゲルダは「カイは北の方に行った」と鳩に教えられ、娘が用意してくれたトナカイに乗って、雪の女王の宮殿に行き着きます。カイと再会したゲルダは喜びの涙を流し、その涙がカイの心に刺さった鏡の欠片を溶かすと、カイは元の優しさを取り戻し、二人は故郷に帰ってゆきました。

複数の協力者を得て、苦難を乗り越え、ダークサイドに落ちた幼馴染みを奪還し、関係の修復を図ったゲルダは自分の初恋を成就させ、おそらくはカイと結ばれるでしょう。

舞子はこの童話が大好きでした。勘が鋭く、時々、天の声が聞こえてしまう子でしたから、どのような運命が自分を待ち構えているかについて、あの子なりに感じていることがあったようです。そのことについてはあまり口にしようとはしませんでしたが、『雪の女王』が好きなのは登場人物たちに自分を重ね合わせやすかったからではないかと想像します。憂鬱を抱え込みやすい性格はカイに、好きな男の子を思う気持ちはゲルダに、そして、閉ざされた宮殿で孤独に暮らす境遇は雪の女王にそれぞれ同一化していたのかもしれません。

舞子には恋人もおらず、結婚を考える機会もありませんでした。そもそも結婚して、皇籍から離脱しようとしているのか、このまま宮中に留まり、私たちのサポートをしてくれるのか、舞子は自分なりの将来設計をしているのかどうか、母親の私にもわかりません。ただ、よく話はします。舞子は自分の立場をよく理解していますが、それは「皇族としての責任」を自覚することや「政府の意向」に従うことを意味しません。彼女は自らの意思で何かをやってくれそうなのです。

その何かはわかりませんが、使命感を抱いていることだけは確かです。人魚姫のように男に尽くしても、報われず、白雪姫のようにただ待っていても、状況は変わらないということだけは母から娘に伝達できたと思います。

死神の自殺願望

週一回、東大病院から往診に来る非常勤の石井先生は、将棋が強い小学生がスーツを着ているように見えます。三十八歳独身で、恋人もいないというから、六割以上の確率でゲイでしょう。毎回、診察という名目の雑談を小一時間ほど楽しんでいます。たぶん、相手の心を読むことにかけては私の方が上手でしょう。心にルビや解説がついていても、読み違える人なので、薬を処方し、届けてくれる実質、薬屋さん。

――今日はとても天気がいいので、このまま部屋を飛び出して、何気なく橋を渡って、一人で街を歩いてみようかしら。

そんな独り言を聞えよがしに呟くと、いつものように当たり障りのないリアクションが返ってきます。

――お散歩はよい気分転換になるかとは思いますが、一人で外出するのはお慎みになった方が。

――きっと誰にもわからないわよ。世間の人たちは他人には関心がないし、私の顔もよく知らないでしょう。念のため変装しようかしら。

——一人で街を歩くだけで大騒ぎになるのに、変装などなさっていたら、さらにあらぬ憶測を呼ぶことになります。

——素顔で歩くのも、変装して歩くのも駄目なら、先生の車で連れ出してもらえません？

——後先のことを考えますと、お控えになった方がよろしいか、と。関係者一同が大慌てすることになりますし、もし、トラブルが起きたら、何人かの首が飛ぶやもしれません。

——何人の首が飛ぶか賭けましょうか？

——どうかお考え直しください。

——こういう反応が返ってくることはもちろん、織込み済みです。ちょっと気分が上向きになったので、気紛れを起こしただけよ。これも薬の副作用かしら。

——気分が上向きになられたのでしたら、薬が正しく作用しているかと。

——時々、お腹の具合が悪くなる薬があったわね。

——レクサプロ錠は腸のセロトニン5-HT受容体を刺激しますので、そうした症状が出たようです。パキシル錠を処方いたしましたが、問題はないでしょうか？　眠気、食欲不振をお感じになったりしていませんか？

——副作用のない薬はないと前にいっていたわね。眠気はいいのよ。眠るのも公務の一つだから。食欲不振も歓迎だわ。ダイエット中だから。それより頭の中の小人たちが騒々しくなることがある。

――頭の中の小人というのは？

――私が頭の中で飼っている不満分子たち。私を乗っ取って、反乱を起こそうとしているの。

――それは穏やかでない副作用です。投薬初期や増量時に「アクチベーション・シンドローム」をきたすことがあります。

――心が活性化されるのは悪いことではないでしょう。

――いいえ、それは必ずしもよろしくはないのです。ごく稀ではありますが、自殺の誘惑に駆られたりすることもありますから。

そういった直後に「しまった」という表情をしたのを見逃さなかった私は「自殺を考えたことのない人なんているかしら」といいました。すると、石井先生の顔色は皮をむいた玉ねぎのように真っ白になり、絶句してしまいました。

――心配には及びません。自分を傷つけたり、他人に危害を加えるような症状は出ませんでした。石井先生には昨夜深夜三時に見た「あれ」については話さずにおきました。

眼を閉じて見る夢ではなく、開いた二つのこの目で確かに見ました。喉の渇きに目覚め、冷蔵庫を開け、炭酸水に手を伸ばそうとすると、「あれ」がボトルにもたれかかって息を荒らげていました。「何がしたいの？」と訊ねる私に、「あれ」は一言こういいました。

――死にたい。

私は反射的に冷蔵庫を閉めてしまい、再びドアを開けた時には姿を消していました。普段は私の頭の中にいて、外には出てこない小人がなぜ冷蔵庫の中にいたのでしょう？　うっかりそれを聞きそびれてしまいましたが、あれは何かの予兆だったのかもしれません。後からあれこれ考えてみましたが、もしかすると、「あれ」は死神だったのではないかと思えてなりません。本来はまもなく身罷《みまか》る人を迎えにくるはずの死神が「死にたい」とまで思い詰めているのだとしたら、これほど不吉なことはありません。今の世の中は死神もがんじがらめで管理され、逃げ場がない状態なのだと考えると、何となく腑に落ちる気がしました。

ミセス・ネバーとミス・ＯＫ

外務省から出向している女官の三浦理香子は石橋を叩いても渡らない慎重派で、もっぱら私の行動を監視し、宮内庁や官邸に報告することを主な仕事と考えている官僚の鑑です。この人事はほとんど私に対する嫌がらせとしか受け止められません。マスコミ向けの作り笑顔で「不二子様ファーストでご奉仕いたします」といいながら、私の行動に制約をかけ、私のささやかな希望も「それはお勧めできません」の一言で拒絶するのです。そんな彼女に私がつけたあだ名は「ミセス・ネバー」。その粘着質な性格のニュアンスも含ませてみました。

彼女の労務が軽くなるのは癪だけれど、彼女の顔を見ると、アレルギー反応が出るので、自衛の策としてなるべく彼女と顔を合わせないようにしています。何もしなければ、失策も犯さずに済み、自分の立場は安泰となるでしょう。彼女は保身のためには、何もしないことに全力を尽くすのが最善と心得る事なかれ主義者です。私も女官を見習って、そうするよう暗に求められているのでしょうが、それでは私の気分はいつまでも晴れることはありません。

自分の心の病の原因の一端は三浦と背後に控える宮内庁幹部たちにあるのは確かなのですが、私の一存では女官も幹部も更迭することができません。私の人事の希望は女官の上司、宮内庁長官や官房長官の案件に挙げられ、形式的な検討はなされるでしょうが、認められません。三浦理香子は監視役として最適との認識を彼らが共有しているからです。その素質をもっと有効活用するために彼女が女子刑務所の刑務官に左遷されることを願わずにいられませんが、そうなったら、受刑者が気の毒という気もします。

一月前、結婚で退職することになった侍女の後任を求めて、いくつかの大学に募集告知をしてもらいました。一般企業への就職を考えていない新卒の女の子という条件をつけたのですが、五人の応募があり、直接面接をすることにしました。侍女は宮家が直接、雇うので、官僚は口出ししません。侍女には料理や掃除、洗濯などの仕事をしてもらうことになっているのですが、もし、応募者の中に有能な人材がいたら、是非とも私設秘書として、縛られた私の手足の代わりを務めてもらいたいとの期待もありました。

話を聞いてみると、五人のうち、四人は宮仕えで箔をつけ、名家のお嫁さんになることを漠然と望んでいるようでした。身辺調査をされても疚しいところがないというのは、もちろん、重要な条件なのですが、ただ、真面目で、礼儀正しく、家事を一通りこなせるだけでは秘書は務まりません。頼まなくても、女官は侍女の人となりを厳しくチェックし、露骨に一挙手一投足にクレームをつけてくることは目に見えているので、それに耐えられる強さ、さらには鈍感さも不可欠です。四人はおそらく早々に音を上げることは予想がつきました。残る一人は他の女子とは全くタイプが異なる子で、ここに来たのは何かの間違いとしか思えませんでした。

ジャスミンという名のその子はアメリカ人の父と日本人の母を持ち、日英仏の三ヶ国語を話し、プログラム言語も使いこなすところに私は注目しました。大学の指導教員からの推薦状も持参してきましたが、加藤沙織という名前を私は知っていました。ジェンダー論とジャーナリズム研究の第一人者というのが公式のプロフィールですが、リベラル系の論客として、説得力のある政府批判を展開している女性です。かつて、その名前はこの国の #MeToo 運動の代名詞ともなっていました。就職の斡旋をチラつかせながら、薬を盛り、ホテルに連れ込んで彼女をレイプした元放送局の幹部は時の首相と関係が深く、その不祥事のもみ消しに警視庁の刑事部長が動き、逮捕を免れるという一件がありました。彼女は海外のメディアにも働きかけ、実名でレイプの告発をしましたが、事件は不問に付され、公然と闇に葬られました。このようなことがまかり通る国を心底憎んだ記憶は簡単には消えません。あの女性も今では大学で教えているのかと感慨を抱きつつ、推薦状の文面に目を通しました。

岡崎ジャスミンさんは外国語やＩＴスキルに長けているだけでなく、総合的なコミュニケーション能力が高く、大きな理想に向かって邁進する志を持ち、いかなる試煉にも屈しない勇気と活力に溢れています。

最後には「ご期待に応える活躍を保証いたします」ともあり、加藤准教授の愛弟子ならば、信頼に足ると受け止めました。ただ、家政婦のような仕事には最も不向きで、その知性を十分に活用できる場所にいるべき女性のはずなので、本人に面接した時、当然、この求人に応募した理由を問い質しました。

——官庁や企業に勤めることになっても、私は誰かに仕えることになります。不正を働く上司の片棒を担いだり、ソリの合わない上司の機嫌を取ったりもしなければならないでしょう。仕える相手を誤ると、私自身の人生を棒に振ることになります。

——そう思うなら、独立独歩で生きてゆくことを目指すべきでは？

——完全に一人で生きてゆくことはできません。私には電気が必要ですし、お米やお肉も食べたい。そのためには誰かの恩恵に与らなくてはなりません。人は互いにギブ＆テイクですから、私も何かを惜しみなく与える義務があります。不二子様とギブ＆テイクの関係を築くことができたら、きっと世界を変える力になると思います。

ジャスミンの自己主張の強さはアメリカ仕込みでしょう。官庁にはまずいないタイプの面白い子であることは間違いありませんでしたが、その能力を確かめるために私は一つの課題を出しました。

――三日以内に他人の目に一切触れないよう、私宛にメッセージを届けることができたら、あなたを採用します。最初にいっておきますが、郵便も電話もメールも全て検閲されていると思ってください。

――誰にも知られずに不二子様に秘密のメッセージをお届けすればいいんですね？

――そうです。できますか？

ジャスミンは「頑張ってみます」と笑顔で応じました。彼女には私の個人メールアドレスを伝えましたが、これを使った通信は記録が政府のサーバーに保存されるので、秘密のやりとりにはなりません。果たして、どんな手段で私にコンタクトしてくるか、楽しみに待っていました。二日後、自分のパソコンを開くと、デスクトップに「ジャスミンより」という見慣れないアイコンがあり、開いてみると、彼女の写真と次のようなメッセージが記されていました。

課題をクリアするために無礼を承知で、不二子様のパソコンにお邪魔させていただきました。いわゆるハッキングをしたことになるのですが、神に誓って、このメッセージをお送りする以上のことはいたしませんでしたので、どうかお許しください。併せてパスワードの変更を切にお願い申し上げます。本当は暗号化通信サービスを利用してメッセージをお送りしたかったのですが、それには専用のアプリをダウンロードしなければなりません。よろしければ、後日その方法をお教えいたします。これを使いますと、盗聴や監視を受けることなく、外部と通信ができるようになります。

ハッキングによって、課題をクリアしてくるとは、何と大胆な撫子《なでしこ》でしょう。まさにこういう一癖も二癖もある手足を求めていたので、すぐに侍女に加えることにしました。「ミセス・ネバー」を出し抜き、私と外界の架け橋になり、私の希望を何でも叶える「ミス・ＯＫ」になってくれますように。

マイ・どこでもドア

邸に住み込みで働いてもらうため、ジャスミンに個室を用意しました。彼女はスーツケース二つに私物を詰め込み、タクシーで引っ越しを済ませました。メイド服はこちらで用意したので、私服を着るのは休日だけですが、それにしても必要最小限の服しか持っておらず、スーツケースの中はパソコン二台、外付けハードディスク、Wi-Fi のルーター、その他の周辺機器などで一杯でした。侍女がいきなり自分の部屋にハイスペックな通信インフラを立ち上げようものなら、侍女待遇でハッカーを雇ったと思われるでしょうから、女官が決して足を踏み入れないウォークイン・クローゼットの一角に「秘密情報センター」を設置することにしました。ジャスミンを衣装係の侍女ということにすれば、クローゼットへの出入りを怪しまれることもありません。

ジャスミンは早速、私のパソコンに暗号通信用のアプリをダウンロードしてくれました。どうやら、それだけで私は誰からの干渉も受けることなく、チャットであれ、書き込みであれ、自由に別世界の人と交信できるのだそうです。

ジャスミンの説明によれば、一見、自由に情報をやりとりしているように見えるネット空間はすでに国家の管理下にあり、市民のプライバシーは完全に掌握されているようです。大手の通信会社ほど政府に協力的で、政府機関の求めに応じて、あらゆる通信記録を提供しており、その見返りに通信領域や事業の拡大の許認可を得ているのだとか。

——話をしてみたい相手がおられましたら、遠慮なく仰ってください。私からその人にコンタクトを取りますし、実際にお会いになってみたいということでしたら、交渉もいたします。

私が密かに求めていたのは別世界に通じる回路であり、この不愉快な現実を忘れさせてくれるシェルターでした。ジャスミンはそんな私の欲求をあらかじめ察知していたように、暗号通信ツールを授けてくれました。今後はこのツールを介して、世の中の営みに触れることができるでしょう。クローゼットのドアは外界と直接繋がっている「どこでもドア」のようなものになるのです。

ジャスミンは「一つご報告がございます」といい、口元を私の耳元に寄せ、こう囁きました。

――念のため盗聴器が仕掛けられていないか、調べましたが、ここにはありませんでした。

――他の部屋には仕掛けられているというの？

――お住まいには部屋がたくさんありますし、私が入れない部屋もありますから、わかりませんが、ダイニング・ルームのスタンドには高性能のマイクが仕掛けられているのを確認いたしました。

誰が何のために盗聴？　私の独り言を盗み聞きして何らかの利が得られるとしたら、それは女官でしょう。三浦はこれ見よがしに「できる女」をアピールするように、私の考えや要求を先回りして把握しているようなところがあり、一々癪に障っていたのですが、盗聴の成果だと思えば、納得もいきます。諜報機関の差し金でしょうが、許し難いことです。目敏くも盗聴器を発見したジャスミンは株を上げ、女官への不信は決定的となりました。

花言葉は「希望」、「慰め」

クローゼットの中に一歩足を踏み入れると、私は皇后からノーバディに変わります。「ハンドルネームは何にしようかしら」と相談すると、ジャスミンは「お好きな花の名前はいかがですか」というので、「スノードロップ」にすることにしました。下向きに咲く白い花は悲嘆の涙を連想させ、まさに私の心境そのもののような花です。花言葉は「希望」、「慰め」。

最初に私がチャットの相手に指名したのはジャスミンを皇居に遣わした加藤沙織准教授でした。パソコン画面上に秘密の回路を開き、ビデオ通話モードで話をしました。これは極めて私的な進講のようなものでした。

「この度は有能な人材を推薦くださり感謝しております」というと、准教授は恐縮し、深く頭を垂れ、「ジャスミンはスノードロップ様のご要望に忠実に働く右腕になりうると確信しております」といいました。

——何か企みがおありなんでしょうね。わざわざハッカーを私の元に送り込んだからには。

単刀直入にそう問いかけると、准教授はこう答えました。

——企みはございません。スノードロップ様が長年、味わって来られたご辛苦はとても他人事と思えませんでした。

——そのような同情には及びません。慣れておりますから。

——せめて夢見る自由を謳歌していただくことはできないかと思っております。現実の世界はあまりに空疎にして、悪夢そのものでしかありません。しかしながら、この不愉快極まる現実の背後には、もしかすると、もっと希望に満ちた別世界が控えているとしたら、いかがでしょうか？

——そういう世界があるのだとしたら、ぜひとも移住したいものですね。

——その願いが叶う日がそう遠くない将来に訪れますように。ジャスミンはスノードロップ様を新たな世界にご案内すると張り切っております。

——私的な旅行に出ただけで、一斉に税金泥棒だ、公務もせずに遊んでばかりいるとか、くちさがないことをいわれるので、想像するだけで充分です。ところで、先生はおいくつになりました?

——三十八歳になりました。

——あなたもご苦労なさいましたね。若い頃からずっと戦い続けていることは存じています。

——ありがとうございます。お陰さまで、多くの方々に支えられて、今日まで頑張ってこられました。求めなければ、何も得られないことも悟りました。女たちが直面する状況は少しずつですが変化していますが、今後も辛苦に喘ぐ者、恨みを残して逝った死者の怨嗟の声がやむことはないでしょう。

——ええ、私にも聞こえますとも。しかし、私に何ができるでしょう?

——スノードロップ様は誰よりも傷ついた者の庇護者にして、権力の横暴に晒される私どもの守護者であらせられるのです。私どもの望みが叶えられる世界こそがスノードロップ様が君臨あそばされるべきもう一つの国なのでございます。

これは奏上というより、ほとんど煽動のコトバと受け止めました。暗号通信の別名は「ダークネット」というそうですが、まさにこの世界のダークサイドからの声が宮廷のクローゼットに直接、届けられることになるのです。ああ、パンドラの箱を開けてしまったかもしれない、と私は思いました。同時に、こうした封印された声が私の耳に届くのを遮断することが女官の主な職務の一つだったことに思い至りました。

私は「忌憚ないご意見をありがとうございます。何か助言が必要になりましたら、また連絡いたします」といって、この会話を終えました。

このチャット以来、加藤さんのコトバを間歇的に思い出し、悩んでいます。あの人に私の悩みや怒りの何がわかるというのでしょう。私のくすぶる心に火をつけて、ジャンヌ・ダルクに仕立てようとでもしているのかしら。甲冑を身につけるにはいささか歳を取り過ぎましたが、怒りは若い頃の五倍くらいには膨れ上がっています。

酔いは万能

二月、夫の公務に少しだけ合間ができ、葉山に静養に行きました。海を見るのは久しぶりです。鳶が甲高い鳴き声で歓迎してくれました。三浦には同行を求めず、ジャスミンを連れて行きました。神奈川県知事、県議会議長，県警本部長の出迎えを受け、県知事から県勢の概要を聞き、ランチを済ませた後、用邸前の小磯の鼻に散歩に出ました。侍従らの先導で橋を渡り、芝生のところで遠くに富士山、前景の丹沢の峰々を眺めながら寒風に吹かれていると、市民に囲まれ、二、三コトバを交わし、いつものように写真を撮られました。ところがその日はちょっとしたハプニングがありました。

今日は若い子の姿が目立つなと思っていると、やにわに一人がロボット・ダンスを始めたのです。すると、何処からともなく、ビートが聞こえてきて、芝生のあちこちにいた若者が踊りに加わり、たちまち二十人以上の群舞になったのです。地元の高校のダンスサークルの面々でしょうか、これには夫も侍従たちも驚き、しばらくその踊りから目が離せませんでした。ジャスミンが背後から「これはフラッシュモブという突発的パフォーマンスでございます」と説明してくれました。

「天皇？　よく知らないし、興味ない」と素っ気なく答える若者をテレビで見たことがありますが、「フラッシュモブ」を見せてくれた子たちは私たちをどう受け止めているのでしょうか？　県警の方々が警戒していましたが、私は手を振る彼らに微笑みを返しながら、もし彼らと一緒に踊ることができたら、若者のあいだに支持が広がるだろうと考えましたが、政治家ではないのだから、人気取りのようなさもしいことは慎もうと思い直しました。

翌日は終日、陛下はご執務、私は読書と映画鑑賞をしていましたが、午後から頭痛がひどく、鎮痛剤を飲んで、休んでいました。夕食後、夫が突然、「夜の散歩に出てみようか」といい出したので、何事かと思いましたが、コンビニに行きたかったようです。用邸から歩いて行ける場所に二十四時間営業のミニストップがあり、以前もここで買い物をしたことがあります。二人だけで出かけようとすると、ジャスミンがお供をしたいというので、連れて行きました。夫はこのところお酒を控えていましたが、缶チューハイに興味があるようで、「ストロングゼロビターレモン」というのを所望しました。

——知っているかい？　これを飲むと、嫌なことをすぐに忘れられるそうだよ。君も飲んでみるか？

私は缶チューハイよりエナジードリンクに興味があったので、「レッドブル」を選びました。ジャスミンは複雑な表情でそれらを受け取り、自分のためにスナック菓子やフルーツゼリー、プロセスチーズなどを買い求めていました。

夫がレジの店員に「一人で店番は寂しいでしょう」と声をかけると、「あ、大丈夫です」と答えました。名札には「グエン・クック」とあったので、ベトナム人でしょう。この人が天皇陛下であることを知らないようでしたが、夫の優しさは伝わったようです。帰り際、「皇居の中にもコンビニがあると便利なんだけどね」と陛下がいうと、ジャスミンは「私が自分の部屋に開店いたしましょうか？」といいました。陛下は「ついでにラーメンの店も開いてくれないかな」といいました。

夫は夜空の星を見上げながら、缶チューハイを飲み、独り言を呟いていました。

——酔いは万能だ。気苦労を忘れ、いくらか希望を取り戻し、冗談の一つでも呟きたくなる。

机上世界一周

最近、ネットで「残りの人生を満喫する三つの心得」というのを知りました。能動的に晩年を過ごしている人々に共通しているのは以下の三つの行動だというのです。

何か新しい試みを始める。今まで行った事のない場所をランダムに選び、そこに行ってみる。新しい出会いを積極的に求める。

いずれも若い人が無意識に選んでいる行動ですが、年配者はそれを意識的に行う必要があるようです。私の場合はまず夜更かしと引き籠りからの脱却を図らなければならないでしょう。そうそう、もう一つ私が羨ましいと思ったある老婆の話があります。彼女は豪華客船クルーズにもう七回連続で参加しており、ほぼ「さまよえるオランダ人」状態で、陸の上にいるより航海している時間の方が長いのだそうです。その理由というのが振るっていて、介護施設に入るより客船に乗っていた方がコストパフォーマンスがいいからだというのです。

介護施設は一日あたり三万円ほどかかるところ、客船は一万四千円で済む。毎日シーツも換えてくれるし、医者もヘルパーもいる。スタッフも親切だし、ルームサービスもエンターテインメントも充実しているし、話し相手にも事欠かないし、若い男性や子どももいる。そして、ある朝目覚めると、異国の都市にいて、新たな発見がある。いつ死んでも悔いはないと思えるし、実際に船で亡くなれば、クルーが手厚く水葬してくれるだろう。一度、船内でウイルス感染が起きたことがあるけれど、それは日本の防疫態勢がシエラレオネ並みだったためで、船会社には問題はなかった。

私もいつの日か、世界一周のクルーズに出てみたいものですが、私たちには国籍離脱の自由はありませんし、容疑者と同様、国外移住は禁じられており、実質国務行為としての外国訪問しかできないので、目下のところは机上世界一周で満足するほかありません。

グーグルアースで地球を回し、昨日はアルゼンチン、今日はインド、明日はアイスランドと旅先を決め、カーソルを任意の場所に合わせ、拡大してゆくのです。御所では毎週、赴任、離任する各国大使、訪日した各国要人との接見、引見、お茶、会食が催されますが、それに合わせて、パプアニューギニアやブルキナファソやマケドニアやスーダンやカザフスタンに机上旅行をしたりもします。

行商天皇

遠い昔、まだ昭和様の御代だった頃の映画で、一人の行商人が全国各地を旅して回るシリーズがあり、全部で四十八本もあるのだけれど、それを一日二本のペースで見続け、すっかり癖になってしまいました。

細目の埴輪みたいな顔の男は旅先で一人の女性と出会い、彼女をマドンナに見立て、献身的に奉仕するのですが、マドンナたちは親や恋人との関係に苦しんでいたり、仕事の悩みを抱えていたり、消せない過去を引きずっていたり、体や心を病んでいたりします。男は医者でも僧侶でも教師でもないのですが、傷ついた彼女たちに惜しみなく癒しを与えます。いつしか彼を慕うようになったマドンナたちは、彼との再会を望み、男の叔父が営む下町の寺の参道の団子屋を頻繁に訪れるのです。あまり居心地が良さそうには見えない店の奥の茶の間には、いつも下町訛りの「ベランメー語」を話す心優しい叔父夫婦がおり、そこに綺麗な標準語を使う妹夫婦と甥、そして、蛸にそっくりな裏の印刷工場の社長などが過密状態で集っています。マドンナは彼らに暖かく迎え入れられ、笑わされたり、励まされたりし、すっかり寛ぎ、気分を一新し、新たな生の充実を得るのです。男は毎回、恋の熱病に取り憑かれるのですが、マドンナに分不相応のわが身に気づいて、叶わぬ恋を封印して再び旅に出ます。

もしかすると、あの行商人のヒーローは昭和様を模倣されていたのではないか？　ふと、そんな風に考えてみました。二十五歳で即位され、二十年後に首都を焼き尽くされ、未曾有の敗北を喫し、皇統の途絶さえも覚悟された昭和様は、占領時代から全国各地を巡幸され、焼跡でたくましく生きる市民を励まし、また各界で陰日向となって、活躍した方々を御所にお招きし、お声がけもされました。ちょうど、行商人の旅と出会いと傷ついた女たちの団子屋への招待は陛下の巡幸と春、秋の園遊会に対応しているように思えたからです。昭和様も行商人もヒューモアのセンスが抜群で、「あっそ」というリアクションも思いのほか受け、さりげなく神から人間への転身を図られました。カレー味を出すのにガラムマサラを入れるように、人間味を醸すのに、ヒューモアは最適です。でも、昭和様にはまだ神の残滓があったので、帝国の亡霊のような崇拝者たちを一掃するには至らず、やがて彼らが息を吹き返してしまいました。彼らが好んで行う万歳三唱は思考節約の儀式のようで、いつ見ても気持ちが悪いものです。

平成様は昭和様が消し去れなかった「神くささ」を完全に抜くことに熱心でした。頻繁に行幸を重ね、また被災地の慰問、戦没者の慰霊を積極的に行いました。宮中祭祀も大事にしましたが、避難所を訪れ、膝をついて市民に寄り添い、真摯にその声に耳を傾けました。ヒューモアよりも誠実さで市民に親しまれました。平成様といつも行動を共にされたお后様も公務に熱心で、その慈愛溢れるお姿にマザー・テレサを重ねる人もいました。「庶民的過ぎる」とか「なぜそこまで奉仕するか」といった声が特に為政者の口から上がりましたが、お二人は被害者、障害者、病人、アーティスト、知識人、一般市民、あらゆる階級や職業、境遇の人々と分け隔てなく、直接、ご自分のコトバで対話することを好まれました。自分が偉いと思い上がっている皆さんはそのことを歓迎していないようでした。その本音を探れば、庶民の相手などせず、もっと選ばれた者たちを労って欲しいといったところでしょうか？　お二人があまりに謙虚で、誠実なので、自分たちの傲慢や不誠実が悪目立ちしてしまうのが面白くなかったのでしょう。もちろん、お二人は暗に為政者の傲岸不遜をたしなめ、主権者である国民の方に尽くしなさいと諭すおつもりだったのですが、鈍感さんたちはその御配慮には全く気づかなかったか、気づいたとしても「けしからん」などと思ったでしょう。

私たちのファミリーは代々、軟禁状態に置かれてきました。私たちには人権もなく、姓もなく、表現の自由や移動の自由、職業選択の自由など市民なら誰もが認められている各種の自由も与えられていません。それでも生身の人間として、喜怒哀楽の感情を抱く自由だけは持っています。それをおおっぴらに公表することはできなくとも、人々の悲しみや絶望に寄り添い、ともに希望を育むことはできるし、彼らのために祈る自由を行使し、結果として自らの使命感を実感することもできたのです。

私がひと時、ハマっていたシリーズ物の映画のメイン・タイトルは『男はつらいよ』というものでしたが、昭和様も平成様も見ておられたようです。つらいのはもちろん、男だけでなく、女もつらいし、天皇も皇后も市民とは違ったつらさを嚙み締めてきました。とりわけ平成様はあの行商人のように各地を回り、商売こそしないものの、恨みや悲しみを慰撫する鎮魂《たましずめ》の旅を切望されたのではないかと思います。自らにかけられた行動の制約から自由になる手段がここにあると確信したに違いありません。平成様の御代にはヨハネ・パウロ二世というローマ法王が世界中を旅しておられ、ヨハネの英語名であるジョンをもじった「ジョニー・ウオーカー」のニックネームまでありました。またチベット民族の最高指導者ダライ・ラマ十四世も「旅を栖《すみか》」にし、誰とでも気さくにお会いになりました。その目的はただ一つ、平和を祈念することでした。祈ること以外には何もできないとしても、荒れ狂う世界を宥《なだ》めることになるのなら、祈り続けるしかないのです。

私もいつの日か、あの行商人のように気ままな旅に出てみたい。ユーラシア大陸からアメリカ大陸に渡った人類の祖先のように二度とここには戻らない旅に出てみたい。

白村江《はくそんこう》の戦い

一月一日は息をつく暇もありません。何も祝うことはないのですが、午前から新年祝賀の儀が続きます。御所で侍従たちとお祝酒をしたのち、宮殿で皇族、元皇族、親族と祝賀をし、内閣総理大臣、衆参両議院議長および閣僚、最高裁判所長官、知事、宮内庁職員と皇宮警察本部職員、各国の外交使節団の長等との祝賀の儀が続きます。翌二日には一般参賀を計五回、合間に家族と会食をします。四日には御用始めとなり、七日には皇霊殿で昭和天皇祭が行われます。これが済むと、ようやく自分の時間を取り戻せますが、その後も二ヶ月に一度くらいの割合で皇霊祭、神殿祭の儀、縁の深い歴代天皇の例祭があります。

陛下が皇霊殿で例祭の儀に臨まれている間、私は御所で遥拝、お慎みをしながら、以前、進講の際に聞いた昭和様のエピソードを思い出していました。

昭和様は終戦の翌年、吉田茂ら臣下を集めて、茶会を開き、白村江の戦いを引き合いに出し、日本が戦争に負けたのはこれが初めてではないといったそうです。直面している敗戦と千三百年前の敗戦を並列させる感覚にめまいがします。

最初の元号である大化が生まれた七世紀半ば、唐が高句麗に大軍を送り、半島に軍事的緊張が走り、倭国は唐の脅威にさらされていました。それまでの豪族支配から脱却し、対外危機に対処する必要に迫られて、中大兄皇子が中心になって敢行したのが大化の改新でした。元号には最初から「逆境からの再出発」の意図が秘められていたのです。

さて、新羅と連合を組んだ唐は高句麗を滅ぼそうとしていましたが、高句麗と親交を結んでいた百済を先に攻略する作戦に出ました。百済はあっさりと滅亡しましたが、遺臣たちは百済復興の兵をあげようと、倭国に救援要請をしました。女帝斉明様は九州に出兵するも崩御、意志を継いだ中大兄皇子は百済難民を受け入れ、御自ら兵士を鼓舞し、唐、新羅連合軍と戦いましたが、白村江で大敗を喫してしまいました。百済も高句麗も滅ぼされ、このままでは倭国も唐の属国になるのは必定でした。中大兄皇子が天皇に即位すると、さらに思い切った制度改革をし、中断していた遣唐使を派遣し、関係修復を図りました。遣唐使は則天武后の前で、唐の律令制度を取り入れ、唐の敵国だった倭国とは別の新生国家を作ったことをアピールし、属国化を免れようとしたのです。当時の律令は新憲法に対応します。アメリカ式の理想主義を盛り込んだ新たな「律令」の元で、新生日本を盛り上げようとしたのです。これは敗者の狡知、あるいは苦肉の策というものでしょうか？　いずれにせよ、私にとって、目から鱗だったのは、かつては帝が自ら率先して革命を起こすこともできたということです。天智様が敢行した刷新を念頭に、昭和様は戦後復興を図ろうと考えていたのです。

歴史を振り返りますと、生まれてくることと死ぬこと、そして子孫を残すこと以外には特に何もなさらなかった帝が多い中、偉大な事績を残した帝は後々まで語り継がれます。天智様、天武様、後醍醐様はその典型です。明治様は黒船来航の前年にお生まれになり、軍服姿になり、明治維新を牽引され、昭和様は敗戦と占領を体験されています。危機の時代、あるいは転換期に巡り合わせた帝には圧倒的な存在感があります。人は生まれてくる時代を選べません。それは帝とて同じこと。己が不遇を嘆き続けながら身罷った帝もおられたでしょう。自分をないがしろにする者に一矢を報いようと立ち上がった帝もおられました。帝である以上は、反乱を起こしたとしても、朝敵にも逆賊にもなりません。帝は大君であり、帝国は帝が君臨あそばされる国のことなのですから。

一般の慰霊を行う時は私の隣に夫がいます。誰の目にも私たちは二人だけに見えるでしょうが、私たちは常に見えない死者たちに囲まれているのです。透明の装束に、透明な帽子を被った透明な人々は音もなく地面を滑るように、私たちのお供をしてくれるのです。死者の鎮魂を司る私たちは彼らに敬意を払い、その声に耳を傾ける必要があるのです。

帝は冥界にも君臨しています。私たちが「生きている者優先」の世界とは反りが合わないのもある意味当然です。冥界の安寧に責任のある私たちはひたすら祈ります。

一月十七日は阪神淡路大震災で亡くなられた人々のために黙禱を捧げ、三月十一日には東日本大震災の犠牲者の慰霊の式典に出席します。そして六月二十三日は沖縄慰霊の日、八月は広島、長崎の原爆の被害者を追悼し、十五日は全国戦没者追悼式に臨席します。

今年の三月には十年ぶりに福島に行き、被曝者たちを見舞いました。政府が安全だという高放射線量の土地に暮らし、甲状腺がんや免疫不全になってしまった人々にかける励ましのコトバは我ながら、空疎に聞こえてしまいます。

汚染土だらけの土地の堪えがたい苦痛はどこまでも続きます。半減期の長さに較べれば、人の一生は瞬きも同然。遥かな山並みから何かを伝えようと春雷が轟きました。それは放射能を海に垂れ流す国、子どもに被曝させる国の皇后を誇《そし》る声のように聞こえます。核のない平和な世界を夢想することしかできなかった私たちは、核の平和利用のツケを返せないまま沈黙を守ることしかできないのでしょうか？

死者は墓地にはいない

物理学の進講をいつも楽しみにしています。宇宙や量子世界は私の生活や感覚とはかけ離れていますが、それだからこそ心が解放されるような気がします。何か辛い出来事があった時、夜空の星を見上げると、少しだけ痛みが和らぐのと似ています。それが星に願いをかけるということなのでしょう。京都から進講に来てくださる山下先生は私の素朴な疑問に答える形で、宇宙の神秘を解き明かしてくれます。前々回は星を観測することの意味、天文学者の心情についてのお話を聞かせてもらいました。

ひときわ明るく輝くベテルギウスは六五〇光年の彼方にありますが、私たちが見ているその輝きは明の建国から十二年後、南北朝の統一や李氏朝鮮の成立の十二年前に放った光ということになります。もしかすると、すでにベテルギウスは超新星爆発によって寿命を終え、宇宙には存在していないかもしれないのに、観測者は遠い過去の姿しか見ることができないのです。太陽から二二〇〇万光年離れたところにあるケフェウス座とはくちょう座の中間に位置する渦巻銀河NGC6946ではここ百年で八回の超新星爆発が観測されましたが、それは地球上に人類の祖先が登場する以前、イネ科の植物がはびこり、それを餌にするウマやラクダの祖先が我が世の春を謳歌していた新第三紀初期の出来事なのです。

先生は私にこう問いかけました。

——過去に閉じ込められているのは星でしょうか、観測者の方でしょうか？

私はそのコトバから自ずと「過去に囚われている自分」に気づかされました。いずれにせよ、六五〇年や二二〇〇万年の時差を挟んで天体と向き合う時は、異なる時空が交差します。寿命がわずか九十年の私たちはその瞬間だけ、地球の時間軸を忘れると同時に、自分が抱え込んだ悩みが本当にちっぽけなものだと思えてきます。

前回の進講では宇宙の誕生以前の話を伺いました。
――宇宙は一四〇億年前のビッグバンによって始まり、時間も空間も物質もその瞬間に誕生したことになっています。ではその宇宙を誕生させたのは何でしょう。その原因と素材のことを量子と呼ぶことにしましょう。では量子はどうやって空間と時間を作り出したのでしょうか？　神が世界を創造したのならば、その神はどうやって生まれたのでしょう？

そのような壮大な謎に対する仮説など知りませんでしたから、私は「説明不可能です」といいました。

――そのお答えはある意味、正解です。宇宙や神の誕生以前のことを考えるのに物理的常識は通用しません。実際、宇宙では物理的にあり得ない現象が起きています。すでに消滅した天体が相変わらず輝いていますし、地球上にいるより時間の経過が遅くなったり、逆方向に進んだり、あるいは時間が閉じ込められたりします。物理的世界から見れば、量子が作り出す現実はあり得ないということになりますが、量子は物理的世界を生み出す元になっています。つまり、量子的な非現実が物理的な現実を作り出し、存在の確認すらできない量子が物理的な存在を生み出しているわけです。

――物理的には証明できない存在や現象も量子的には説明できるということですか？

――概ねそういうことです。私たちが生きている物理的世界は量子が作り出した仮想現実に過ぎないといった方がいいかもしれません。仮想現実の世界ではあらゆることが起こり得ます。現在、過去、未来が同じ空間に並んでいたり、死者が蘇ったりもする。理論上、量子はいかなる可能世界も作り出すことができるのです。

　山下先生は「二重スリット実験」の話もしてくれました。文字通り、縦長のスリットを二つ入れた衝立に電子を照射して、それがどのようにスリットを通過するかを確かめる実験ですが、電子は人が観察している時は「粒子」としてふるまい、観察していない時は「波動」としてふるまう。つまり通過の仕方を変えるのだそうです。「なぜ電子はそんなに気紛れなのですか？」と訊ねると、先生はこう答えました。

——量子同士は相互に干渉し合っていて、観測している時も観測していない時も量子には絶えず変化が起きているのです。量子は私たちがいる三次元よりも高い次元にあって、私たちには認識できないのです。現実も観察者の意識とは無関係に絶えず変化します。意識をポジティブに持てば、望ましい現実が引き寄せられるとか、逆に意識がネガティブな状態だと、望ましくない現実が引き起こされるという考え方は魅力的ですが、それは錯覚に過ぎません。しかし、特定の誰かの意思によって世界が変わるということ自体あり得ないのですから、それはそれで諦めがつく。要するになるようにしかならないのだから、祈るしかないというわけです。

　山下先生は祈りを否定しない物理学者なのだなと思いました。さりげなく励まされた気がしましたが、今回の進講ではもう一歩踏み込んで、パラレルワールドについての話を聞きました。

——今、私たちが閉じ込められているこの現実とは別の現実に生きることは可能なんですか？

――条件付きですが、可能といえると思います。私たちが置かれているこの現実は、無数の選択を重ねてきた結果ですが、その過程において、別の現実が無数に枝分かれして生じているはずです。「別の選択」をした自分が生きているパラレルワールドはこの現実とは相容れない世界であり、それについて考えること自体がナンセンスだといわれてきましたが、私はそうは思いません。パラレルワールド間の交通や干渉は可能であり、またそれは実際に起きているという説に与します。

――たとえば、「どこでもドア」を通って、私が皇后ではなく、たとえば一市民として沖縄に暮らしている別の現実に移動できるものですか？

――そこにはもう一人の不二子様がいらっしゃるので、不二子様が二人存在することになってしまいますが、それでもよろしければ。

――もう一人の私とは仲良くやれるでしょう。自分に似ていなければ。

山下先生ははにかんだように微笑みました。彼は私のファンタジーを鼻で笑ったりせず、親切に付き合ってくれるので、好感が持てます。

――補足ですが、現在不二子様が生きておられるこの現実にとどまったままでも、沖縄に暮らすことは可能です。

――皇后を辞めて、移住すればね。

――はい。大きなご決断が必要かと思いますが。あともう一つ、可能世界やパラレルワールドへのジャンプを可能にする「どこでもドア」のようなものはまだ実現しておりませんが、二〇五五年くらいには試作品ができているかもしれません。

——その時はすでに私も「あの世」というパラレルワールドに行っているでしょうね。

——死者は生きている人よりも自由自在にパラレルワールドを旅することができます。私たちはアメリカに行くようにはあの世に行けませんが、死者は夢を通じて、また霊能者を活用して、こちら側にやってきます。あるいは直接、生きている人の意識に働きかけて、幻聴、幻視、回想を促したりします。

——死者を身近に感じるというのはそういうことですね。

——はい、死者は墓地にはいません。墓は石の名札に過ぎず、彼らはパラレルワールドを徘徊しているのです。あの世というのはこの世に平行して存在していて、生きている者と同じように日々を過ごしています。ただ、平行線は交差しませんので、あの世とこの世が交わることはなく、双方のあいだを行き来できるわけでもないのです。それでも、一瞬、パラレルワールドを垣間見ることはできます。たとえば、そこを訪れるのは初めてなのに、前に来たことがあるような気がするあの「デジャ・ブ」は無意識にパラレルワールドに踏み込んだ経験に由来するのです。「デジャ・ブ」はよく経験しますが、そういうことだとは知りませんでした。

——もしかして、根も葉もない噂というのも、パラレルワールドから吹いてくる風に乗って飛んでくるのかしら。

――それはわかりませんが、過去の記憶がいつの間にか事実と食い違っているといった経験はありませんか？　自分の記憶が間違っているのか、事実が捻じ曲げられてしまったのか、いずれにせよ、このような奇妙な現象のことを「マンデラ効果」といいます。記憶の元となった情報源が存在しないのに、信憑性があり、不特定多数にその記憶が共有されているような場合がこれに当たります。この用語は、まだ存命であるにもかかわらず、ネルソン・マンデラは獄中死したと多くの人が思い込んでいたケースに由来します。都市伝説の類と似ていますが、これもパラレルワールド間の相互干渉のせいで生じるという説があります。

――パラレルワールドの事実が、こちらの現実に紛れ込んでくるのですね。

――その通りです。もしかすると、不二子様のおっしゃるように、流言飛語の類も別の現実からの干渉かもしれません。ですから、パラレルワールドは必ずしも、今ある現実よりましということはなく、もしかすると、もっと堪え難い現実になっているかもしれないのです。

確かに私たちは目の前の現実から逃避したい一心で、パラレルワールドを理想化しがちですが、そこではもっとひどいことが起きているかもしれないことになかなか思いが至りません。パラレルワールドに亡命し、もう一人の私と出会ったとしても、彼女は私とは異なる不満を抱き、こちらの現実に逃避したいと思っているに違いありません。先生の最後の一言のおかげで、私は日々の夢想によって、パラレルワールドをリアルに思い描き、その世界に暮らすもう一人の自分を追体験していることに気づかされたのです。

私はその日の終わりに、別世界で暮らす自分の分身に密かにメッセージを送りました。

こんばんは。スノードロップと申します。こちらで皇后を務めております。

あなたと私は似た者同士ですが、互いに決して交わることのないパラレルワールドに暮らしています。そちらの世界の様子はいかがですか?

私たちは自分がいる世界の外に出ることができませんが、この現実を変えることはできます。互いに今いる世界の居心地がもう少しよくなるように努めましょう。いつか双方の世界を行き来できる日のために。

プリンセス・レイジー

なぜか雨の日は過去の嫌な記憶が蘇ります。低気圧は心の傷を疼かせるものでしょうか?

コトバは心をえぐるナイフにも銃弾にもなります。どの国でも捏造記事や誹謗中傷が飛び交っており、些細なことで特定の個人を攻撃し、時には自殺にまで追い込んでいます。もちろん、この国でも事情は同じで私も被害者の一人です。何とか今日まで自殺せずに生きてこられたのは、娘、そして夫のお陰です。

私に向けられた誹謗中傷にはいくつかのパターンがあり、概ね以下のように要約できます。

不二子の父親は借金まみれで、皇室にたかってきた。

不二子は父親と関係の深い元首相の口利きでハーバード大学に裏口入学した。

不二子は怠惰で、公務をサボることを生きがいとしている。

不二子は日本最大の宗教団体の隠れ会員で、その幹部と密通し、公費を貢いでいる。

不二子は娘を女帝として即位させ、自分は上皇后になり、男たちに復讐をしようとしている。

不二子は自分の夫の代で皇統を途絶えさせることを目論んでいる。


もちろん、全てが事実無根の捏造ですが、それらを組織的かつ大量に垂れ流せば、もうテロリズム以外の何物でもありません。発信元の団体は、書き込み一字につき一円を支払うシステムで投稿者を雇っているようですが、その数はさほど多くはないでしょう。それは誹謗中傷のバリエーションが少ないことからわかります。一人で二十人分のハンドルネームを使い分け、同じような書き込みを繰り返し、数を多く見せているのです。批評精神のあるまともな人は荒唐無稽な陰謀論など真に受けることはありませんが、誹謗中傷サイトは情報弱者をターゲットにし、世論操作を行っているのです。その書き込みは、「嘘も百回繰り返せば、真実になる」、「大衆は小さな嘘より大きな嘘に騙される」というナチスの宣伝相ゲッベルスのコトバに裏打ちされているように増殖します。バッシングはネットの中だけに留まらず、影響力のある新聞や雑誌、テレビ番組さえもがそれらをネタ元にした記事を書くので、さらに信憑性を増してしまうという悪循環が断てません。また、私の体調が回復し、公の場へ出る機会が増えてくると、それを待っていたかのようにネガティブ・キャンペーンが盛り上がる法則があるようです。

憑かれたように皇室を貶める彼らの最終的な目的は一体何なのでしょう？「皇室を解体に追い込もうとする中国人の陰謀だ」という人がいますが、それも根も葉もないデマに過ぎません。自分たちが行っている卑劣な情報操作を中国や韓国のネトウヨの仕業と見せかけているだけです。

彼らは私たちには何かと難癖をつけながら、弟君夫妻を持ち上げるという、判で押したような言動を取ります。では私たちを攻撃し、弟君を担ぎ出す理由は何処にあるのでしょう？そして、このテロリズムのボランティア活動を仕切っているのは一体、誰なのでしょう？国民の象徴をバッシングし、貶めるような国にした張本人は誰？

結婚当初は宮中のしきたりに順応しようと、精一杯の努力を重ね、宮中祭祀や接見、晩餐会、地方行啓、国際親善など、常に夫に付き従い、真面目に公務に取り組みました。「怠けている」という声はほとんど聞こえませんでした。結婚一年目からは懐妊を待望する声が次第に大きくなり、世間の目が一斉に私のお腹に向けられるようになりました。私の顔に吹き出物ができると、「体調に変化」と噂され、式典の最中に目を瞬かせていると、「妊活にお疲れか」と書かれ、公務が増えると、「子作りに専念せよ」と意見する人が続出する、といった具合でした。会社の同僚に対して、そのような扱いをすれば、間違いなくセクハラですが、私は「お世継ぎを待望する声」として、ありがたく受け止めなければならなかったのです。

真知子様は「宮中に慣れるには時間がかかりますから、三年間は懐妊を控えなさい」と助言下さったものの、お世継ぎ出産のプレッシャーは日増しに高まり、私は次第に追い詰められ、体調不良になってゆきました。宮内庁長官以下幹部職員たちは度々、夫が公務で留守をしているタイミングで、私を訪ねてきて、露骨に生理の周期や夜の営みの回数などを問い質しました。

理解のある皇族の方々は、日本の騒ぎから距離を置き、積極的に海外に出た方が精神的に安定し、体調もよくなるといってくれたのですが、男子誕生を最優先案件とする宮内庁長官の方針によって、数年間に亘り、私たち夫婦の外国訪問が禁じられました。フランス大統領からの招待も、ドイツでのイベントの式典への出席も見合わせなければならなくなりました。私は仕事の能力が低かったわけでも、怠慢だったわけでもありません。ただ私にふさわしい仕事をさせてもらえなかったのです。

不妊治療が始められると、私は完全に「産む機械」扱いされました。実質、公の場から退場させられ、憂鬱な日々を過ごしました。「引き籠り妃」、「プリンセス・レイジー」などと外国のメディアに書かれましたが、流産によって、さらに私は追い詰められました。流産から二ヶ月後、私は無理を押して公務に復帰しましたが、「流産は意図的だったのではないか」などと疑われ、悔しくて眠れない夜もありました。不妊治療は継続され、ようやく二度目の懐妊に至りましたが、そのことが発表されるや、ネットの掲示板には「流産祈願」のスレッドが乱立し、一斉にバッシングが始まったのです。

もちろん、私はそんなものは一切無視していましたが、私には無数の見えない敵がいることを認識しなければならないと肝に銘じました。私は心を強く持とうとしましたが、「皇室に入ったのは大きな間違いだった」との思いは膨らんで行く一方でした。

それでも八十万人もの人々が娘の誕生を祝い、記帳に集まってくれたのは、地獄で仏を垣間見た気がしました。出産間もない私のベッドサイドに宮内庁幹部が集まってきましたが、お決まりのお祝いの口上を述べるのかと思えば、雁首を揃え、無神経にもこういったことを私は忘れません。

——ようやくお子様が授かれることが証明できました。次こそは男子を。

私がなかなか妊娠できなかったのは私一人の責任でしょうか？　私が内親王を産んだことが罪なのですか？　日本を離れれば、少しは精神的に楽になれたかも知れないのに、私を幽閉状態に置いたのは誰ですか？　子どもは授かりものなのだから、男の子でも女の子でもいいし、生まれなかったとしたら、それも運命と諦めるべきものではないのですか？

私はそう叫びたいくらいでしたが、黙っているしかありませんでした。

娘が生まれた後もバッシングは止むどころか、増幅されてゆきました。当時の首相が女性天皇を認める皇室典範の改正を提案し、諮問委員会が設置され、世論の支持も得られましたが、保守系議員と神社界の反発があり、女性天皇容認派と反対派の間で、激しい攻防戦が繰り広げられていたのです。まさにこのタイミングで、筆頭宮家に三人目の子息、それも待望の親王が誕生したことで議論そのものが行われなくなり、結果的に女性天皇反対派が勝利を収めることになったのです。弟君にも桐子さんにも恨みはありませんが、容認派と反対派の暗闘に筆頭宮家が介入してきたような印象を受け、私はひどく落ち込んだものです。二人は自ら望んだわけではないでしょうが、一躍、反対派、保守派の救世主に祭り上げられ、その反動で私たち東宮に対する批判が徐々にエスカレートしていったのです。

今後も皇族を存続させるならば、女性皇族を残したり、女帝を容認したりする皇室典範の改正は依然として急務のはずですが、女性の活躍をもっぱら出産、家事、育児に限定したい方々は頑なにその議論を拒みます。おそらく、私をバッシングする人々は女性蔑視、女性嫌悪の一点で利害が一致しているようで、社会や組織、職場で女性が活躍することを血眼になって妨害しなければ、自分の居場所がなくなると思い込んでいるようなのです。とりわけ自分より能力の高い女性には憎しみすら抱き、その失脚を待望しているといっても過言ではありません。男女平等も女性が輝く社会も「#MeToo運動」も彼らにとっては全くの他人事であり、「非武装中立」と同じくらいのファンタジーでしかないと開き直っています。表向き応援する素振りを見せながら、裏で抑圧するという使い分けを巧みにやってのける姑息な男が列をなしています。敵は男だけではなく、男社会に過剰に適応した女は保守オヤジの魂を宿し、女を抑圧する側に回り、自らの地位を確保しようとします。

そういう男尊女卑教信者の仮想敵に私は祭り上げられたということになるでしょうか？　彼らは、私が日本国と国民統合の象徴たる者の妻であるということが許せないのです。国民の模範たるべき女性は筆頭宮家の桐子さんのように、いつも笑顔で、男たちの希望を先回りして叶える癒し系の良妻賢母でなければならないのでしょう。

私は桐子さんのことが嫌いではないし、彼女なりの努力が皇室で実を結んで、よかったと心から思っています。私たちの憧れの皇后陛下真知子様を模範としたところは同じですが、真知子二世になったのは桐子さんの方でした。きっと真知子様のお心も桐子さんの方に傾いたでしょうし、平成様も弟君夫婦と過ごす時間を大事にされるようになりました。東宮と筆頭宮家が争ったわけではないし、私と桐子さんが出産競争をしたわけでもないのに、男の子を産んだ桐子さんが未来の天皇の母の座を獲得し、私は心を病んだのです。自業自得の声がさらに追い討ちをかけてきました。

皇室は伏魔殿だという噂だけは間違っていませんでした。そもそも、結婚相手の候補と取り沙汰された頃から、古い先祖に遡って私の家系を調べ、七親等、八親等に当たる、会ったこともない遠い親戚まで範囲を広げ、前科者や朝敵はいないかを確かめ、広く交友関係を探り、犯罪や反政府活動に関わっていないか、男性遍歴はどうだったか、家庭事情はどうか、特定宗教の信者ではないか、家に借金はないか、プライバシー侵害、人権侵害のレベルまで徹底調査されました。

お陰で、私自身が知らない出自にまつわる事実を知ることができました。ですから、ネットの悪質なデマがどれだけ荒唐無稽か証明することもできるわけです。それなのに、身辺調査をした宮内庁がそうしたデマを放置し、抗議も、撤回要求も怠ったのは、私に対する悪意があったからだとしか思えません。まるで「批判はご自由に」とでもいうように、冷淡なコメントを発表し、私のバッシングを実質、解禁したのです。おそらく、宮内庁長官始め、幹部職員たちは皇室に対して旧態依然の価値観を押し付ける男尊女卑教徒の側についたのでしょう。彼らは表向き、皇室をサポートし、希望を叶えるよう努力していますが、実際は神社関係者、極右団体、極右政治家たちの思惑の実現に加担しているでしょう。その見返りとして、彼らは引退後に何らかの優遇を得るに違いありません。実際、私の信頼を失った元長官は参与として、いつまでも宮内庁に居座っています。

誰も本当のことはいいません。真実を知っていても、口を閉ざすのは何らかの圧力がかかっている証拠です。

もはや、彼らは保守派の名前さえ値しない、時代錯誤甚だしい国家神道信者といってもいいくらいです。本来の保守は、改革そのものには慎重ですが、必要に応じて変えるべきは変える柔軟性を持っているものです。ところが彼らは改革とは逆方向、それこそ戦前や前近代に回帰し、忘れられた価値観を取り戻す極端な復古主義で、せっかくこの国が培ってきた基本的人権や男女平等、立憲主義という価値観を破壊しようとさえしているのです。

私を守ってくれたのは夫だけでした。夫は私が孤立無援になることを予想していたのかもしれません。夫は宮内庁幹部に釘を刺し、また組織的なバッシングを牽制するために、記者会見で「不二子の人格を否定する発言や行動があったのは事実です」と発言しました。ところがこの助け舟が予想外の憶測と混乱を招いてしまったのです。宮内庁との対立、陛下、真知子妃との疎遠、筆頭宮家との確執が噂され、私が孤立を一層深め、「離婚秒読み説」、「自殺未遂説」まで飛び出す始末でした。陛下も、弟君も夫の発言の火消しに動かなければならないと思われたのでしょう。全てにつけ事を荒立てないのが皇室流儀ですから、私を励ましつつ、穏便にたしなめようとしました。

宮内庁はそれを受け、私が受けた心の傷はなるべく目立たないようにし、病気が決して重篤なものではないという印象を世間に伝えようとしました。同時に自分たちには非がなかったことにするため、「私の病気の原因が皇室そのものにあるということに陛下が心を痛めている」と論点をすり替え、私の努力が足りないと仄めかすことに全力を注いだのです。結果的にマスコミは陛下や宮内庁のお墨付きを得たように、私への批判をエスカレートさせていったのです。

歴代の皇后は皇太子妃時代に皇室のガラスの天井と格闘してきた歴史があります。香淳皇后は子沢山でしたが、なかなか親王に恵まれず、宮内省幹部が側室制度を復活させようとしましたが、昭和様は「そんな人倫に悖《もと》ることはしたくない」と拒みました。真知子妃は民間人出身であることで不当な差別を受け、子育て方針でも対立しましたが、公務を熱心に行い、病気も経験され、批判を封じ込め、皇后時代には国母の風格を身に付けられました。お二人に倣い、私も自らの手で皇后の地位を獲得しなければならないことはわかっているのですが、頑張り過ぎた先輩の後では見劣りするのは避けられません。

「皇后になれば、もっと自由になれる」と夫はいいましたが、まだ私はこの危機の時代にふさわしい皇后像を見つけられないまま、病気療養を継続しています。

先日、書棚を整理していたら、皇太子妃時代に私が泣きながら、ノートに書きつけた詩を見つけました。これを書いたことをすっかり忘れていたのですが、今も当時の心境とあまり変わるところはありません。

人格を貶められ、憎悪と批判に晒された後に、どんな赦しが得られる?

身に覚えのない罪を突きつけられ、呵責を受けた後に、どんな償いができる？

深く傷つき、抜け殻のようになってしまった後に、どんな癒しが与えられる？

善悪の別も正常と異常の境も曖昧になってしまったこの世界では、どんなに誠実にコトバを重ねても、虚しく黙殺される。

「知恵の実」を食べた鳥の鳴き声を誰も聞こうとしない。

だが、「知恵の実」のなる森には「怒りの実」のなる樹もある。

「怒りの実」を食べた鳥はいつか火の鳥になり、全てを焼き尽くす。

七人の侍

国会には七百人以上の議員がいますが、ほとんどが多数派の頭数合わせのためにそこにいるだけで、憲法に謳われている政治道徳に則り、国民に安全で健康な生活を確保しようと奮闘しているのは全議員の百分の一わずか七名の野党議員だけです。ここ二十年間というもの、悪政があまりに自明のことになってしまい、有権者も完全に諦めモードですが、七人の侍は国会を劇場にして、首相、関係閣僚、官僚たちを厳しく追及してくれます。私たちは夫とお菓子をつまみながら、しどろもどろの政府答弁を楽しく鑑賞してきました。私が個人的に最も信頼しているのは伊能篤議員です。彼は皇室に入る前の私を知る数少ない友人で、激しいバッシングを受けていた頃も私を擁護してくれた恩があります。

首相とその不愉快な仲間たちは官房機密費を使って、マスメディアを籠絡し、世論操作することも、内閣人事局を通じて、官僚を丸め込むことも、首相権限を振りかざして警察や司法に圧力をかけることもできますが、その絶大な権力を使ってやることといえば、自分たちの不正、失策を隠すこと、アメリカ大統領のご機嫌取りをし、ひたすら税金をアメリカに貢ぐこと、日米安全保障条約および日米地位協定を憲法の上に置き、この国の占領状態を維持し、その利権で私腹を肥やすことだけです。一方、七人の侍は小政党のハンディを背負っており、活動資金も限られ、官僚やマスメディアを操ることはできませんが、憲法、経済、貧困問題、国際問題に詳しい学者や弁護士、ジャーナリストらと連携を図り、国家権力を私的に濫用する極右マフィア政権相手に果敢にゲリラ戦を挑んでくれました。理想主義者たちがムチを入れなければ、脳死状態の政府はピクリとも動きません。

それにしても、首相の折々の発言にはただ唖然とするばかりです。

――私はこの国の総理だ。総理は常に正しい選択をなさねばならない。だから、私は間違わない。

――破綻してはならないのだから、破綻した時のことなど考える必要はない。

――私が国家の長なのだから、国民は私に従う義務がある。

総理の座に収まれば、そんな語義矛盾も堂々と主張できるのでしょう。無能な者ほど自分を無謬と錯覚したがるので始末に負えません。困ったことに平成の末期から厚顔無恥な者しか総理にはなれないという因縁が生きています。思慮の浅いあの男よりもう少し道理を知っているはずの男たちも、破綻の予感を抱きながら、ただ傍観するばかりです。政府は実質、自分で何かを決めたことも、率先して対策を練ったこともない人々の吹き溜まりです。

結果、財政破綻は秒読み、廃炉への道は遠いのに原発再稼働を推し進め、外交、安全保障政策も全て裏目に出ました。暗愚の首相や子どもの使いの外相を置き去りにして、国際政治の謀略は容赦なく進行します。貧困問題もいよいよ深刻になり、生活苦を強いられた市民のあいだから、怨嗟の声が絶えません。

極右マフィア政権もいずれは退場するのでしょうが、その後始末を担う人が気の毒でなりません。誰もそんな貧乏くじなど引きたくないでしょう。破綻状態からの再出発を任せられる人は七人の侍のリーダー伊能議員を措いてほかにいないと私は思うのですが、彼が代表を務める経世済民党が政権を奪取する確率は十パーセントにも満たないという調査結果が歯がゆくてなりません。

癒しの帝

何処へでも行きたいところに行けるし、住みたいところに住める。いいたいこともいえるし、信仰の自由や職業選択の自由も離婚の自由も行使できる。そのありがたみを最も痛感できるのは、その権利と自由を奪われた時でしょう。私は憲法を読み直すたびにため息をついています。なんて素敵な憲法なのかしらという気持ちと、私たちには大きな制約がかかっていて残念という気持ちが半々です。もっと残念でならないのは、国民を国家の横暴から守ってくれるはずの憲法を、国民が国家により忠実に従うように変えたいと考える人たちがいることです。個人の権利や自由を制限するような憲法の息苦しさに想像が及ばない人は政治家失格でしょう。

我慢強さにかけてはこの国随一といってもいい夫は日頃から口癖のようにいいます。

——私たちの存在は憲法によって保障されているのだから、不自由でも耐えるしかない。

夫は生まれた時から天皇になることが決まっていたから、相応の覚悟を身につけているでしょうが、私は二十九歳まで一般市民でしたから、皇室にはなかなか馴染めませんでした。本来の自分を追い出して、代わりに疎遠な他人の人生を生きている感じが未だ拭い去れずにいます。

「公務員も会社員も主婦も、誰だって多かれ少なかれ、疎外感を感じながら暮らしているものだ」と夫はいいますが、あまり慰めにはなりません。おそらく、私は死ぬまで社会復帰できない、と諦めています。「社会復帰って、君は囚人じゃないんだから」と夫は笑いますが、私は限りなく囚人に近い病人だと自覚しています。

——あなただって時には象徴をやめたいと思うことがあるでしょう?

ある日、そんな風に訊ねてみると、夫はキッパリとこういいました。

——嫌だからやめる、飽きたからやめるというわけにはいかない。

——あなたが退位なされれば、私は一般市民として、残りの人生を謳歌できるんじゃないかと思って。

——それはどうかな。

——生前退位された平成様と真知子様は京都の御所や沖縄の別荘を転々となさりながら、悠々自適の晩年を送られたじゃないですか。

——あの時は一代限りの特例として認められたけれども、私はそれを踏襲することはできない。

——昭和様も生前退位をお考えになったはずです。何一つ自己決定が許されない中で、唯一あなたの意志でできるのは退位だけ。その意志は立法その他の国政の上で、最大の尊重がなされるはずです。

——昭和天皇であっても、ご自分の意志は通せなかった。敗戦直後、昭和天皇には退位して戦争責任を果たす御覚悟もあったと私は思う。だが、当時の政府もＧＨＱも生前退位には反対していた。ＧＨＱは昭和天皇の戦争責任を問わず、占領政策への協力を求めたからだ。退位した「元・天皇」を政治利用する輩が出てくることを警戒し、制約つきで天皇の地位を維持したんだ。

——敗戦で国体をアメリカに譲り渡してしまったという人もいます。

——いや、それは違うよ。天皇が象徴として君臨している限り、国体は守られている。アメリカは国体のような曖昧なものにも、三種の神器のような物品にも興味はなかった。ただ、この国を永遠に自分たちの管理下におき、占領を続けられれば、それでよかったのだ。

――昭和様はアメリカ人の将校たちに人気だったとか。

――子どもの頃に聞いたことがある。観光気分で皇居を訪れ、私と一緒に記念写真を撮りたがる将校たちが後を絶たなかった、と。

――日本の神に会ってみたかったんでしょうね。

――あちらの唯一絶対の神には気安く会えないからね。

――もし、昭和様が退位されていたら、この国はどうなっていたんでしょうね？

――共和国になっていただろう。もちろん、父も私も天皇にはなれず、財産も没収され、この世界の片隅でひっそりと暮らしていただろう。二十世紀はいくつもの王朝が滅びたが、イランでイスラム革命が起き、パーレビー王朝が打倒された時、父は母に「いずれ自分たちもあのような運命を辿るだろう」と話したらしい。

――あなたは考えたことがありますか？　自分がラストエンペラーになるかもしれないって。

――この国から天皇がいなくなる日がいつかは来るだろうが、私の代でないことを祈るばかりだ。この国はまだかろうじて立憲君主国だし、諸外国も私を日本の君主と認めてくれている。憲法にも法律にも規定はないが、一応、国家元首とも見做されているし、何処へ行ってもその待遇を受けている。ありがたいことだ。

――何一つ権限はない名ばかりの君主ですけどね。

――主権は国民にあるし、私はただの象徴なんだから、しょうがないじゃないか。

――あなた、もしかして、もう少し政治的権限が欲しいと思ってらっしゃいます？

――それは微妙だな。あればあったで大きな責任が伴う。ただ、私は一部の政治家の思惑に翻弄されるのは嫌だし、自分の意に沿わない決定など認めたくない。他人に退位させられるのも拒否する。憲法改正も戦争も反対だ。

――珍しく政治的意見をおっしゃいましたね。

――ここだけの話だよ。改元の時も政府が勝手に決めた元号を押し付けてきた。私の諡《おくりな》になるというのに、当時の目立ちたがりの総理が自分の名前の一文字をあしらった案を持ってきて、「これでよろしいですね」といった。

――あなたは珍しく立腹されて、拒否なさいましたね。

――それで令和になったわけだが、悪政にうんざりした詠み人の気持ちが込められていることに無教養な政治家たちは誰一人として気づかなかった。この皮肉には苦笑したが、お陰で一部の人々の目に私は厭世的な天皇と映ったかもしれない。

――いいえ、あなたは何事にも前向きですよ。厭世的なのは私の方です。

平成様は学生時代に法律を学んでおられたこともあってか、憲法により即したご自身の立場について、誰よりも深く考えてこられました。「日本国の象徴」であり、「日本国民統合の象徴」であるとは具体的にどういうことか、また「主権の存する日本国民の総意に基く」その地位は具体的にどのような行動で支持され得るかを常に配慮しておられました。英文では symbol となっているそのコトバは翻訳作業の際、英和辞典を引いてみると、「象徴」とあったので、そのまま憲法に定着したという何とも脱力を誘う経緯があったのだそうです。当時は象徴であるご本人がどれだけこのコトバの意味にお悩みになるか、想像できる者はいなかったのです。

——土偶や縄文土器を見るたびに思うんですけど、縄文時代には天皇はいませんでしたね。

——あの頃の日本は無主無住の地だった。私たちの先祖はずっと後からこの地にやって来た移民だったんだ。祖先は朝鮮半島か、中国だろう。

——イギリスの王もオランダやドイツから来られた方ですものね。

——日本人のＤＮＡのゲノムを調べれば、誰もが大陸や半島にゆかりがあることがわかる。それなのに嫌韓反中に走る人の気が知れない。屈折した自己嫌悪だ。ヘイトに走る人々はよほど辛い日々を送っているようだから、気の毒ではあるが。

——あなたの率直な思いが聞けて、よかった。

——これからもそれぞれの思いを打ち明け合えば、心も晴れるだろう。私はまだそれほど高齢ではないし、やり残した仕事もあるから、もう少し付き合って欲しい。公務も君にできることだけやればいいから。

——そうですね。私は誰のためでもなく、あなたのために耐えてきたんです。

——不二子、私は結婚する時、君に約束しただろう。命懸けで君を守る、と。

——ええ、いつも守っていただきありがとうございます。私にささやかな自由を認めてくださるのはあなただけです。

晩年の夢

二年ぶりにオランダのアメリア王妃から電話があり、互いの近況を報告し合いました。即位式の時以来、お目にかかっていませんが、皇太子妃時代に二週間、ハーグのハウステンボス宮殿で保養をさせてもらったことがあり、お互いによく似た境遇にあることを確かめ合うことができました。アメリア王妃はアルゼンチン出身のキャリアウーマンで、お父様が軍事政権時代に市民の弾圧に加担したのではないかと疑いを持たれ、市民意識の高いオランダでバッシングを受けたことがあるそうです。

私は近頃、若い侍女の勧めで暗号通信を使って、言論の自由を謳歌していること、グーグルアースを使って、机上世界一周をしていること、極右政権の内政と外交のデタラメぶりに悩んでいることなどを話しました。オランダでも極右政党が移民排斥や自国中心主義を唱えて、支持を広げているらしく、彼らの主張に苦言を呈すると、すぐに「自国民より移民を保護するのか」と批判されるのだそうです。王妃ご自身もアルゼンチン出身なので、極右政党の攻撃対象にされやすいと悩んでおられました。

万が一、オランダで君主制廃止という事態に至ったら、王室の方々はどのような身の処し方をなさるおつもりでしょう。永世中立国のスイス、あるいは遠からぬ縁のあるイギリスで亡命生活を送ることになるのでしょう。翻って極右政権の専横が続いている日本では、すでに国民の自由が制限されていますし、私たちは独裁者の意向に従わされています。きっと国を追われるのは私たちの方が先でしょう。お互いにそんな瀬戸際を想像しながら話しているうちに、暗い気分になってしまいましたが、気分を変えて、私はこういいました。

——そういう事態になればなったで、私たちは大いに自由を謳歌すればいいじゃないですか。

アメリア王妃も「そうなのよ。退位後の人生設計をするのは案外楽しいものなの」と笑いました。

——私たちが日本を出て行くことになったら、ベルギーやスウェーデンやスペインの王室の方々の庇護を受けられるかしら。

半ば冗談、半ば本気でそう訊ねてみると、アメリアさんは「真っ先にオランダへいらしてね」といってくれました。

——オランダがそういう状態ではなかったら、ベルギー国王にお願いしてみますし、イギリス王室にも掛け合ってみます。王室外交にはお互いのいざという時のための保険の意味もありますからね。

そのコトバは本当に心強く、アメリアさんの友情はかけがえのないものと受け止めました。アメリア王妃は私たちの友情を娘の代にも引き継ぎたいともいってくれました。近いうちに彼女の三人の王女たちと交流を深めるために舞子だけでもオランダに外遊させることにしました。

電話を切ってから、ふと私たちの財産のことが気になりました。東京の心臓部に広がる皇居の森に暮らしているものの、土地や家屋は全て国有財産なので、私たちは借家住まいの身ということになります。もし私たちが一般市民になったら、有価証券や銀行預金を切り崩して生活しなければなりません。それで足りなければ、私有が許されている美術品、宝飾品、盆栽などを売ることになるでしょう。果たして、どれくらいの財産を持っていることになるのやら。平成様は五億ほどの遺産を残してくださいましたが、そのうちの半分は真知子様が、残る半分も弟宮と折半でしたし、相続税を払い、いくらかの寄付もしましたので、手元にはあまり残りませんでした。ヨーロッパの王室の方々の資産と比較すれば、日本の皇室は裕福とは程遠いといっていいでしょう。

戦前までは、皇室は世界有数の資産家でしたが、連合国軍総司令部による財閥解体の対象となり、大半の財産を失うことになりました。資産千五百万円を越える資産の所有者には九〇パーセントもの「財産税」が課されたので、昭和様も三十三億四千万円を納めることになったのです。昭和様の私有財産は、臨時の出費に備える名目で金融資産千五百万円と、美術品、宝石、身の回りの品だけになってしまいました。戦争に負けるというのはそういうことなのです。

昭和様崩御の際、日本はバブル経済の只中にありました。皇室には私的な経済顧問がいて、そのアドバイスに従い、資産運用をされていたので、資産はおよそ二十億円まで膨らんでいたそうです。もちろん、それは日本の景気が頂点を極めた瞬間の総額であって、その後は日本の経済の凋落に伴い、資産は激減しました。また代替わりのたびに相続税を納めたので、現在、夫が所有している私有財産は多く見積もっても四億円に満たないはずです。おそらく私たちが一般市民になるときに持ち出せるのは、今まで私たちを支えてくれた国民への感謝の印として、慈善団体への寄付などをした残りだけでしょう。オランダ王室に友人として迎えられるにしても、かなり質素な暮らしになることだけは間違いありません。ドイツ最後の皇帝のヴィルヘルム二世は復位の望みを抱きつつ晩年をオランダのドールンの城で優雅に過ごしましたが、私たちは彼ほどの財産があるわけでもないので、体の自由が利くならば、何年かは働かなければならないでしょう。ライデンあたりの住宅を借り受け、そこで市井の人々に囲まれ、余生を送ることになりそうです。歴史学者であり、環境問題にも詳しい夫ならば、ライデン大学で講義をする機会が与えられるかもしれません。

それは理想的な晩年の夢ですが、現実はもっと厳しいものになるという覚悟も依然、持っていなければなりません。

不愉快な内奏

今日は夫の誕生日でした。御所や宮殿では形式的な祝賀が延々と続きました。侍従職や宮内庁職員、弟宮夫妻、元皇族、親族との祝宴はともかく、総理と三権の長、閣僚との午餐は本当に気詰まりでした。女官と長官には首相との同席は遠慮したいと伝えていたのですが、「総理のたっての希望」が優先されることになりました。

なるべく総理のむくんだ顔を見ないように努めるのですが、話しかけられれば、見ないわけにはいきません。私は眉間に皺を寄せないよう、唇を真一文字に結ばないようにするのに精一杯でした。夫だって、自分の誕生日をあんな不愉快な人たちに祝われるのは本意ではないでしょうが、いつものようにアーカイック・スマイルで応対しています。

せめてもう少し話のできる、高邁な理想を持った議員と話したいものです。君主たるものは不偏不党に努め、幅広く意見に耳を傾けなければならないのは万国共通の心得です。それを怠った君主が滅亡のショートカットを辿ることは歴史が示している通りです。だから、夫は共産党の議員とも懇談すべきなのですが、そうしようものなら、極右の皆様は「陛下、偏向はなりません」と目尻を吊り上げるのは火を見るより明らかです。いくら政権担当政党だからといって、彼らの意向ばかり汲むことこそ偏向にほかなりません。

あの人は食事中、臆面もなく、自画自賛のコトバを連ねます。共通の趣味も話題もないので、夫が「平和維持のためには首脳同士の意思疎通が大事だと思います」と一般的なことをいうと、あの人は「私が外交政策に万全を期したので、ロシアや中国を牽制できています」といいました。私が見る限り、ロシアにも中国にも全く相手にされていないようですが、マスメディアは首相に恥をかかせないようにすることにばかり熱心です。夫はアメリカから戦闘機やミサイルを言い値で買わされていることに納得がいかないとよく私にこぼします。そんな夫の意を汲んで、私はこういいました。

——もう少しアメリカの兵器を買うのを控えて、福祉に回せないものでしょうか？

あの人はフォークを握ったまま、こういいました。

——ミサイル導入は中国の脅威への備えに必要不可欠です。米軍への協力を少しでも怠ると、日本の伝統と文化は失われてしまいます。皇室だってアメリカに守ってもらっているんですよ。

——いいえ、私たちは主権者である国民に守られているのです。また「平和を愛する諸国民の公正と信義」のお陰でこうして生きていられるのです。

——その平和は抑止力によってですね、辛うじて保たれているので、日米同盟に依存しなければ、他国の侵略を受けてしまう恐れがあるわけであります。第三国と戦争になった場合は、同盟相手に味方するのは当然の義務でして、日本を守るためには他国との戦争にも参戦しなければならないということを肝に銘じていただきたいものです。

——そんな戦争によって平和を維持するようなことは肝に銘じられません。

——それでは困ります。国民の信託を受けた政府には従っていただかないと、まずいことになりますよ。

——まずいことというのは何ですか？

——国民にそっぽを向かれたら、皇室の存続が危うくなりますよ。皇室費は税金で賄われているんですから、それをお忘れなきよう。

――あなたがアメリカに貢いでいるお金も、外遊の際にばら撒いているお金も、マスメディア各社の接待費も税金で賄われています。

――国民からいただいた税金を最大限有効活用するのが首相の務めです。安全を買うにはお金がかかるんですよ。ご存知の通り、私は「外交通」で通っていますから、成果はしっかり挙げています。

「謙虚」の文字は彼の語彙にはないか、あっても読めないでしょう。売りコトバに買いコトバで、私もつい「ダークネット」に本音の書き込みをするように話してしまいました。

――「外交痛」ですか。「外交では失策続き」という声が私の耳には聞こえてきますが、総理の耳には届いていませんか？　ロシアとの平和条約締結もできず、中国を敵国と見做してミサイルを配備したり、韓国との関係修復を怠った結果、日本は東アジアで孤立状態に陥ってしまったように私の目には見えます。何よりも親善外交の目的は敵を減らすことなのに、逆に対立を深めているではありませんか。それは高いお金を出して買った兵器を使うためですか？

――毅然とした態度を見せないと、付け込まれます。

――是非ともアメリカ大統領にも毅然とした態度を取っていただきたいものです。

――思いがけないご叱責に恐縮至極です。あまり野党議員の肩をお持ちにならず、もう少し私を信じていただけませんか？

「もうそのあたりで外交論議もやめにしないか。私の誕生日なのだから」という夫の一言で、私はスノードロップの口調を封印しました。首相は赤ら顔に作り笑いを浮かべながら、「いやあ、外務省局長の御進講を受けておられるのに、独自の外交論をお持ちですね」といい、夫と私に向かって、図々しくもこんな相談を持ちかけてきました。

——来週、ロシアのラスプーチン大統領が来日し、その二週間後には中国の李錦記国家主席が来日することになっており、宮中晩餐会が予定されています。ロシアと平和条約を結び、中国からはもっと経済協力を引き出したいのですが、アメリカの機嫌を損ねるわけにはいかず、なかなか交渉が進みません。総理の立場上、ロシアに領土の返還を諦めるとはいえないし、中国にミサイルの撤去を約束することもできません。ここに来て、ロシアも中国も日本抜きでも困らないという高飛車な態度を取っています。こういう時期だからこそ二人の首脳に来日を要請し、宮中晩餐会をセットしたんです。天皇皇后両陛下直々に接待いただいて、二人の首脳を懐柔してもらいたいんです。不二子様の外交手腕を存分に発揮いただくよい機会になるかと思います。

——一体、どんな話をすればいいというんですか？　領土を返してください、日本にもっと投資してくださいとお願いしろと？

——政治の話は一切しなくて結構です。ロシア、中国の首脳と個人的な友情を育んでいただきたいのです。

——もちろん、私たちは平和友好に努めますが、あなた方が裏でアメリカに協力して戦争の準備をしていたら、相手は信用してくれませんよ。

——困ったことに国民はロシアに経済協力をすれば、領土を取り戻せると錯覚していますし、中国、韓国は反日国家だから、こちらの常識は通じないと思い込んでいます。ここは両陛下のご威光を以て、是非とも局面の打開を図っていただきたい。

錯覚しているのは国民ではなく、首相と官僚の錯覚を国民のせいにしているだけだといいたいのを抑えましたが、うっかりあの男の口車に乗ってしまったので、厄介な任務を授けられてしまいました。自分たちの外交の失策を棚上げして、関係改善の糸口を摑むために私たちを利用するつもりなのでしょう。万が一でもそれがうまく運べば、あの男は「私が差配した」と自分の手柄にし、うまく運ばなければ、「皇室外交の失態」で済ませる。見え透いた魂胆ですが、官邸の役人に知恵を授けられたのでしょう。

不愉快な午餐が終わり、あの人たちを見送った後、夫はため息を漏らしながら、「大人しく、星とか花の話をしていればよかったのに」とボヤいていました。でも、頭の中の小人たちが黙っていませんでした。

あの人たちは単に私たちを政治の道具に使いたいだけでしょう。たとえ、権力ごっこで国民を自分たちに従わせることができても、私たちを従えることはできません。なぜなら、私たちは国民ではなく、象徴だから。

その夜、自分の怒りを鎮めるためにまた「ダークネット」に書き込みをしました。

私は不毛の土地の下で眠るスノードロップの球根。地面を覆う雪の衛兵に守られて、私は花であることを忘れ、このまま石になってしまいそうでした。でも、雪が解け、カエルが目覚める季節になると、生ぬるい雨に活気づけられ、私は不穏になるのです。

自殺は他殺だ

七人の侍の一人が身罷り、六人になってしまいました。

新たに発覚した政府の不正を追及しようと準備を進めていた伊能篤議員がホテルの浴室で死体で発見されたというニュースを見て、我が目を疑い、次いで目の前が真っ暗になりました。伊能篤の名前には微笑を誘われる特別な思い出があったのですが、死亡の知らせに自分の過去までもが抹消されたような気がしました。

伊能さんは睡眠薬を服用して入浴し、バスタブの中で溺死したとニュースは伝えました。警察によると、外傷などはなく、机の上には「これ以上のストレスには耐えられない。国会での追及も行き詰まった。この国は死にたくなるようにできている」などと書かれた遺書が残されており、自殺と断定したそうです。

私はジャスミンを呼び、バスタブに溺れて死ぬなんてことがあると思うか、と訊ねてみると、

「絶対、変だと思います」といいました。伊能議員は親しい友人に「私は死にたくなることもあるが、絶対に自殺はしない。もし死んだら、他殺だと思ってくれ」と話していたそうです。

――なぜ警察は自殺と断定したと思う？

――他殺であることを隠蔽するためではないでしょうか。普通、不審死を遂げた人は警察で司法解剖されることになっているはずですが、捜査関係者は伊能議員の遺体を病院に搬送して、死亡診断書を書かせています。司法解剖されたら、死因が明らかになり、自殺として処理できなくなるからです。

――遺書も捏造かしら？

――公文書だって改竄する人たちですから、遺書も捏造に決まっています。伊能議員が集めた証拠も押収されたんじゃないでしょうか。

ジャスミンの推理はかなり的を射ていると私も思いました。伊能議員が死んで一番喜ぶのは誰かを考えると、伊能議員に厳しく追及されていた人たちの悪相が思い浮かびます。もちろん、彼らは表立っては殺人を教唆しなかったでしょうし、この件には一切関与していないことになっているでしょう。

首相の定例記者会見の中継を見ました。「先頃、伊能篤議員が亡くなられましたが、どう受け止めていらっしゃいますか？」という記者の質問を受け、あの男は二日酔いのむくんだ顔で「本当に惜しい人を亡くしました」と答えました。わざとらしい沈黙の後、白々しくも「よほど追い詰められていたんでしょうね」と付け加えもしました。その女性記者は大胆にも「ネットでは他殺説も流れているようですが、警察の捜査に落ち度はなかったのでしょうか？」とかなり踏み込んだ質問も投げかけていました。あの男は露骨に不快な表情を浮かべ、女性記者を睨みつけたのを私は見逃しませんでした。すぐにポーカーフェイスを取り繕い、こういいました。

――くれぐれもそのような陰謀説に惑わされませんように。警察の捜査を信用できなくなったら、世も末ですからね。

もうとっくに世も末になっているじゃありませんか、あなたのせいで、と私はテレビの画面に向かってなじっていました。国家権力の一部である警察を私物化している人間のいうことなど誰が信じるものですか。隠蔽工作のプロをイエスマンに従えている自分は何をやっても許されるなどと思っているのでしょう。私は首相のその一言で確信しました。伊能議員は国家権力によって消されたのだ、と。

自殺の九割は他殺だという人がいます。その人は長らく、監察医として検死を行ってきた経験からそう断言しているのです。おそらく、伊能さんも国家機関の何者かから秘密の指令を受けたヒットマンに殺され、自殺の偽装がなされたに違いありません。捜査にも何らかのバイアスがかかり、他殺の疑いがあっても、それは検証されず、自殺として処理したに違いありません。

「ダークネット」には伊能議員の不審死をＣＩＡによる暗殺、極右団体が雇った北朝鮮の殺し屋の仕業とする書き込みが多数寄せられていました。それらの噂は「陰謀説」として一掃され、同時に真実もまた闇に葬られるのでしょう。それでも。そうした噂が流れるだけ「ダークネット」の方がマシです。他殺の疑惑を投げかける新聞やテレビは一つもありませんでした。

無垢な者

死者がいつまでも生きている者たちの心にとどまるのは、彼らが身近にいる証しなのだそうです。儀式を通じて、また折々に故人を偲ぶ時、ああまだ身近にいるなと感じます。往年の笑顔や話し声がまざまざと蘇ることもあり、そんな時は自分も半身だけあの世の側にいるのではないかと思うことがあります。

「死人に口なし」といいますが、本当に死者を沈黙させることはできるでしょうか？　わざわざ死者の声に耳を傾けるのは霊能者だけと決めつけ、誰も死者のいうことなど聞こうとしません。死者は安らかな眠りに就き、生きている者の心を苦しめることがないのでしょうか？　自分がなぜ死んだのかわかっていない人や、他人の悪事や制度の犠牲になった人、何かに追い詰められて自死を選んだ人は、今も何がしかのメッセージを発信しているに違いありません。

私たちは死者に呪われることを恐れるあまり、彼らを名簿化し、「生きている者には干渉しない」という約束事を死者の了解なしで作ったのです。戦争、震災、暴政などによって、死者は膨大な数に上り、個別に対応できなくなったからです。

死者は「未来の時間」を持っていませんが、それゆえに老いることもありません。彼らは洞窟に描かれた壁画の中の牛や馬のように不滅です。私たちも死ねば、そうなるので、死者はそう遠くない未来の私たちのことでもあるのです。私は新年の一般参賀に集まった人々の中に、儀式に参列している人々の中に、あるいはコンサートホールの平土間やバルコニー席にしばしば亡くなったはずの知人やお祖母様、恩師の姿を見かけることがあります。それは目の錯覚といってしまえば、それまでですが、彼らに見守られているという感覚まで錯覚と割り切ることはできません。「死者は裏切らない」というコトバにいつも戒められています。生きているあいだ、ヒトは何らかの罪を犯すものです。嘘をついたり、自分を偽ったり、嫉妬をしたり、見て見ぬふりをしたりします。生涯無垢でいることなど誰にもできないでしょう。直接、間接を問わず、他人を陥れたり、犠牲を強いたり、悲しませたり、怒らせたりせずには済まないでしょう。動物や虫、植物、命ある全てのものを慈しみながら、生きようとすることはできるかもしれませんが、それ自体が難行苦行となるでしょう。本当に無垢な者とは限りなく死者に近い者のことなのかもしれません。

死者から見れば、生きている者たちは皆、不誠実な偽善者ということになってしまうでしょう。死者を体《てい》良く黄泉の国、天国に追いやって、関わりを持とうとしないこと自体が偽善です。黄泉の国も天国も全てまやかしで、素朴な古代人が思い描いたフィクションに過ぎないことがわかっているのに。彼らには行くところはないのです。だから、私たちと同じ世界にとどまっている。私たちは死者たちと無関係ではいられないのです。

最期の瞬間を迎えるまで、人は生きていることの価値を実感する義務があるのです。それは悲哀や苦悩、同情や悔恨、未練を通じて、実現することもできるでしょう。この世界の片隅で人知れず努力を重ねていた人々を偲び、また自分が尊敬し、愛していた人を思い出して、悲嘆に暮れる時、故人は一時的に復活します。罪を犯した者がそれを悔いる時、その人は一時的に罪から解放されます。

感情が動かないということ、それは心の死後硬直を意味します。悲しみ、苦しみ、悔いる限り、心は死なず、私たちはより強くなるのです。我悲しむがゆえに、我苦しむがゆえに、我悔ゆるがゆえに、我あり。たとえ、何もすることができなくても、ひたむきに祈ることはできます。私が祈り、祈りが私といえるほどに。

二度殺されませんように

伊能議員の死から初七日を迎えたその夜、私は蠟燭の火を灯し、伊能議員の冥福を祈ると同時に、もう一度殺されることがあってはならないと思いました。彼の存在が忘れ去られ、黙殺される時、彼は二度死ぬことになるのです。そうならないために生き残った者は死者からバトンを受け取り、リレーを続けなければなりません。今まで一人で行っていたこの私的な儀式にジャスミンが加わってくれました。夫も関心を示し、「何の儀式かな」と訊ねるので、「ドン・キホーテの死を悼んでいるのです」と答えると、「ああ、私たちの味方がまた一人減ってしまったね」といい、ひとしきり揺れる炎を眺めながら、一緒に廊下を歩いてくれました。

伊能議員が常日頃、訴えていたように、有権者が無知で無関心でいる限り、悪政は続くでしょう。礼儀正しく、おとなしく、他人を攻撃せず、空気を読む。そんな人々の沈黙の同意によって、不正や陰謀が見過ごされるのです。不偏不党とか中立を守るなどといっている場合ではありません。態度を決めかねているあいだに、ならずものが全ての権力を独占してしまうのです。ナチの専制を許したのもそうした「無関心の共謀」でした。伊能議員も無関心と沈黙によって、なしくずし的に殺されてしまったのです。

おカネと権力に執着する人々はしぶとく、公益と正義のために生きる人々は儚い。

これは世界共通の認識なのでしょう。結果的におのが既得権益を守るためには手段を選ばない卑劣な人間が権力の座にとどまり、彼らを告発する正義の味方は排除されます。もちろん、誰もが最初から私利私欲にだけ忠実だったわけではなく、おそらく若い頃は理想も倫理も持っていたのでしょう。昔の極右の大物も若い頃はマルクスを読み、労働運動に関わっていたものです。しかし、朱に交われば赤くなる。「理想だの倫理だのと青臭いことといっていたら、カネも権力も逃げていくぞ」と永田町の妖怪たちに諭されたのでしょう。権力の座にとどまってさえいれば、公益と正義は口先だけで充分。しっかり私腹を肥やさないと、社会主義者だと思われる、などと。やがて、清廉潔白な政治家は絶滅危惧種になってゆくのです。野党議員は七人の侍だけではなく、二百人ほどいますが、そのうちの半分は議員としての既得権益にしか興味がなく、党内での序列ばかり気にかけており、根は「亡者」たちと変わりません。国民の多くも政党と同じような組織の一員ですから、「亡者」たちと同じことをしています。

今や六人になってしまった侍はこの国では少数派となった理想主義者たちの最後の頼みの綱なのです。伊能議員が死んで喜ぶ人々に天罰を下してくれる正義の味方は現れるでしょうか？　そのようなヒーローを待望することすら諦めているこの国の人々に私はこういいたい。

何処までやれるか試してみましょう。復讐なんて無意味かもしれないけれど、それをしなければ、ますます追い詰められるから。

人は現実だけでは生きられない

伊能議員との個人的な関係に注目されるのを避けるため、焼香に行くこともできませんでした。封印していた遠い過去の記憶が間歇的に蘇ってきました。悲嘆をやり過ごすために私はいつもより睡眠薬を多く服用し、二日間眠り続け、三日目にようやくベッドを抜け出し、今度はクローゼットに籠りました。

「ダークネット」には生々しい怨嗟と憤懣が満ち溢れていました。新聞やテレビ、パブリックなSNSからは削除され、陽の目を見ない告発が延々と続くスクロールになっていました。ジャスミンが淹れてくれたお茶を飲みながら、彼女と意見を交わしながら、匿名の声を拾いあげました。伊能議員の死を惜しむ声も少なからずありました。

総理が動けば動くほど泥沼にはまる。「あのアホを何とかしてくれ」

すでにこの国は滅びているが、誰もそれを認めない。

このままではこの国は滅びると声高にいう人々は何処にでもいます。国会にも企業にも巷にも。でも、彼らはただ憂えるだけで何もしていません。それはすでに滅びているという現実から目を逸らすことにしかなりません。この国が直面している現実をこんな風に呟いた人もいました。

政権自体がマフィアで、腐敗した前例、機能不全の制度を踏襲し、施政者同士で共犯関係を結び、私腹を肥やすことに専念する。下手に不正を糺そうとすれば、累積したツケを払わされることになり、自滅の道を辿ることになるので、現実を隠蔽し続け、虚偽を重ねるほかない。仮に政

権が変わったとしても、前政権が残した負の遺産は帳消しにならず、その重荷を背負わされ、早晩、行き詰まる。諸悪の元凶たる人物はまんまと責任を逃れ、のうのうと余生を送る。ちっ。

その人は正しいことをいっていますが、結局のところ舌打ちしかしていません。「政治的に無力な」私も、そのような義憤に共感するものの、舌打ちを慎み、沈黙するほかありません。組織や制度の犠牲者は増える一方です。

回し車の中を走るマウスを見て、少し羨ましいと思った。マウスは組織の歯車でない分、オレより自由かも知れないから。

責任を取らない奴が出世する仕組みなので、基本、上司は失敗を全て部下のせいにする。

伊能議員は自殺なんかしない。あんな遺書も書かない。そもそもワープロ書きで署名もない遺書なんて捏造ですといっているようなものだろ。

「お国のために放射能を浴びてくれ」といわれた。

「自己犠牲は美しい」というあなた、自分がどれだけ醜いか知っているか？　もう過剰な誠実に疲れた。

伊能議員は死なない。第二、第三の伊能篤が必ず現れる。

「死んでお詫びする」といったら、「葬儀を出す人に迷惑」とか、「死体を焼くのに手間がかかる」といわれた。

肩を落としてうなだれるか？　怒りに震え石を握りしめるか？　あいつに殺される前に暗殺できないものか？

ある朝目覚めると、自分が善人だった頃のことを忘れていた。

ヒステリーは世界に対する唯一の抵抗手段。

自殺させるために娘を育てたわけじゃない。善を教えたのが悪かったのか？　悪を教えれば、救えたのか？

新潮社

新刊案内

2020 4 月刊

旅のつばくろ

沢木耕太郎

4月22日発売
●1000円

つばめのように軽やかに。そう、人生も、旅も――。世界を巡ってきた沢木耕太郎が、日本を気ままに歩いて綴った初の国内旅エッセイ。

327521-3

輪舞曲《ロンド》

朝井まかて

4月17日発売
●1650円

舞台に立ちたい一心で子を捨て上京し、キャリアの絶頂で没した伝説の女優・伊澤蘭奢。野心を貫いた華の生涯を男達の眼から描き出す。

339972-8

スノードロップ

島田雅彦

10-9

2020年4月新刊

■とんぼの本

萩尾望都 作画のひみつ

萩尾望都
芸術新潮編集部 編

4月24日発売
●2000円

「ポーの一族」から「王妃マルゴ」まで、たっぷり浸るモー様ワールド！ 貴重なインタビューや豊富なビジュアルで創造の源泉に迫る、永久保存版。

602293-7

監獄の誕生
〈新装版〉監視と処罰

肉体の刑から魂を罰する刑へ——国家権力の集中機構としての監獄を独得の考古学的手法により捉え、その本質と特徴を解明する。

ミシェル・フーコー
田村俶［訳］
4月24日発売
●4900円
506709-0

■新潮クレスト・ブックス
オルガ

北の果てに消えた恋人、言えなかった秘密。激動の二十世紀ドイツを生きた女性オルガ。そのひたむきな生涯に心揺さぶられる最新長篇。

ベルンハルト・シュリンク
松永美穂［訳］
4月24日発売
●2000円
590165-3

誰の中にもアイヒマンが一人。

赤の他人でもいい。誰か一人に対してだけでも正直でいたい。だから、ここに書き込んでいる。

魂を売って、老後の安心を買い、惚けて、自責の念を消す。

不本意なことをしてしまった人は誰もが良心の呵責に苛まれるのです。誰にもそれを打ち明けられず、一人になった時に頭を抱え、止むに止まれずこうして懺悔するのです。「ダークネット」には神父もカウンセラーもいません。慰めも赦しも得られません。

もともと私が生きる世界なんてこんなものと諦めてきましたが、やはり自分から何かを始めないといけないと思うようになりました。これはある意味、大きな前進かも知れません。

まだ通ったことのない道を辿り、まだ開けたことのない扉を開き、まだ会ったことのない人に会えば、もしかすると、世界は変わるかもしれない。今、そうなっていることの全てには、そうならなかった可能性も秘められている。

そんな風に考えてみると、少しだけ救われる気がします。未来は過去の選択の結果である以上、あらかじめ決まっています。未来を改めるには過去の選択を変えなければなりませんが、それは端《はな》から無理だと思ってしまう。未来が過去の反映で、あらゆることがすでに決まっているのなら、私たちは何一つ贖《あがな》えないことになります。
私は怨嗟の中にわずかな希望をのぞかせる呟きに呼応して、以下のような書き込みをしてみました。

誰かが世界を変えてくれるとアテにしてはいけない。この世界が嫌なら自分で変えるしかない。タイムマシンに乗って、過去に遡らなくても、未来を変えることはできるはず。未来を買収した者たちと反対のことを、たった今から始めれば。

スノードロップ名義の書き込みに対する反応はすぐにありました。

今日が最後だと思って、生きている。残りはおまけ。

今すぐ始めます。始めたら、半分終わったようなもの。

悪徳からの逃避は美徳の始まり。

私と同じ思いを抱く潜在人口は意外に多いに違いありません。私のこの憂いを、この憤懣を、この屈辱を、この悲しみを共有してくれる人が、うつ病患者と同じ数だけ繭玉のような部屋に籠城しているのではないかしら。根拠はありませんが、そう信じてみたい。この国では男は十人に一人、女は五人に一人がうつ病にかかるそうですから、十八歳以上の人口を一億、男女半々として、ざっと計算しただけでも一五〇〇万人が私の仲間になり得るわけです。私のぼやき、呟きが彼らにこだましたら、堂々たる抗議の声となり、施政者を震撼させるに充分じゃありませんか。

ただすれ違うだけだった相手が、今までコトバを交わしたこともなかった隣人が、住む世界が違うと思っていた他人が、互いに同じ未来や理想を見ていたことに気付いた時、新しい世界、新しい国が産声を上げるのです。領土の形は変わらなくても、はっきりとした違いはまだ見えなくても、心の中にはすでにあった架空の世界、想像の国が不意に出現するでしょう。「そうなって欲しい」が「そうなった」ことは歴史上、いくつも前例があります。

理想主義者に向かって、「現実を受け容れよ」としたり顔でいう人は、見えないところで舌を出しているものです。現実を買収した人、今ある現実に充分満足している人は必ずズルをしています。まんまと人を出し抜いたつもりでいるでしょうが、これだけは忘れてはなりません。

人は現実だけでは生きられません。だから、現実を変える自由と権利を行使するのです。

復讐します

深夜、クローゼットにホットチョコレートを運んできたジャスミンに耳打ちしました。

——あなたが侍女になってくれたことには因縁を感じます。あなたは私に与えられた武器なのよ。

——私は右腕ではなく、武器なんですか?

何をいわれているのかわからないジャスミンに私は以前、故伊能議員が私に教えてくれた話をして聞かせました。


保守系や極右の政治家たちは「権力の座にとどまりたかったら、四銃士を揃えよ」と教えられています。この教えはアメリカ仕込みで、CIAの子飼いの議員たちは金科玉条としています。ここでいう四銃士というのは、それぞれ、法、金、暴力、噂の守護神を意味します。法の守護神は自分が犯した悪事を常に無罪にしてくれる判事や検事のことです。金の守護神は、買収や票集めの資金をいくらでも融通してくれる団体や企業、支援者のことです。そして、暴力の守護神とは邪魔者を始末してくれるヒットマンのことで、噂の守護神とは不都合な事実をもみ消してくれるメディアのことです。四銃士が揃えば、ほぼ無敵になると彼らはナイーブに信じているのです。悪事の証拠を突きつけられても、彼らが平然としていられるのは四銃士が後始末をしてくれるからです。公明正大な政治家なら四銃士のサポートは無用ですが、このような野合に対抗するには私たちにも強い味方、有能なブレーンが必要です。

その話を神妙な表情で聞いていたジャスミンは「私は不二子様の侍女にはなれても、武器にはなれそうもありません」といいました。

——あなた、ハッキングが得意でしょ。

——今はしていません。二度といたしません。

——しようと思えばできるわね。ハッカーはヒットマンにもなれるのよ。総理や官邸のパソコンにアクセスできるかしら。

——セキュリティが極めて高いので、難しいと思います。

——あなたは私のパソコンにも侵入できたじゃない。そのスキルを使って、官邸のデータファイルから伊能議員暗殺の証拠を盗み出すことはできないかしら。捏造された遺書の原本や暗殺を依頼したメールを探り出して欲しいの。

——ハッキングに成功したとしても、証拠は隠滅されている可能性が高いです。不二子様、何をなさろうとしているんですか？

——仇を討ちたいの。

——殺された伊能議員の仇ですか？　なぜ不二子様が？

――彼が自殺を偽装されて殺されたと知り、私がどれだけ怒りに震えたか、あなたには想像できないでしょう。私は彼を亡き者にした相手を許しません。

――私にできることがあるとすれば、亡くなった伊能議員の代わりに彼らにブラックメールを送ったり、陰謀を暴露する書き込みをすることくらいだと思います。

抹殺したはずの伊能議員が彼らの陰謀を告発する。「死人に口なし」と高を括っていた連中はさぞかし慌てふためくに違いありません。たとえ、それが第三者の悪戯だとわかっていても、目撃者がいるのではないか、内部告発があったのではないかと疑心暗鬼になるでしょう。彼らは念には念を入れ、陰謀をリークしそうな人物の口止めを強化し、ブラックメールの送り主を特定しようと躍起になるでしょう。

――ジャスミン、くれぐれもあなたが送り主だということがバレないように注意しなさい。もちろん、発信元が皇居と疑われるようなことがあってはなりません。

――それは大丈夫です。暗号通信のサーバーを使って、メールを何回も迂回させれば、メッセージの発信元のＩＰアドレス特定はかなり難しくなります。

――迂回先というのは？

――いろいろです。インドや香港、ベトナムのサーバー、中国の銀行のシステムを経由したりしますが、官邸勤務の官僚のパソコンを経由させれば、内部告発者がいるように見せかけることもできると思います。

——内輪揉めを引き起こそうとしているのね。

——陰謀を告発するだけでよいのですか？　その後はどうなさるおつもりですか？

——陰謀の告発は復讐の序章に過ぎません。彼らは必ず反撃をしてくるでしょう。その前に伊能議員が告発しようとしていた政府の不正行為が公表されるよう仕向けなければ。復讐は一度始めたら、途中でやめることはできないのです。彼らを権力の座から引きずり下ろし、その悪事の償いをさせるつもりです。彼らは因果応報を思い知るべきです。

——なぜそのようなお気持ちになられたんですか？

——彼は皇室に入る前の私、つまり前世の私を知っている。私は自分の過去を封印しましたが、伊能さんは私の過去を守ってくれる唯一の人だったのです。このことは誰も知りません。陛下もご存知ないし、彼を暗殺した連中も知らないはずです。私たちには秘密があるのです。ジャスミン、あなたには打ち明けてもいいけれど、それを知ったら、後戻りはできませんよ。あなたは私の復讐に最後まで付き合わなければなりません。

ジャスミンはやや臆したような態度を見せましたが、すぐに毅然とした表情に戻り、きっぱりといいました。

——侍女に応募した時から、不二子様にどこまでもついて行くと心に決めています。

——ありがとう。私はあなたを信じて、秘密を打ち明けます。

内気な歴史の女神

遠い昔、私は一人の男を愛しました。その人の名前は常磐カヲル。伊能篤はカヲルの親友で、私たちの恋の手引きをし、その恋が葬られた後も私とカヲルの心を繋いでくれました。伊能さんがいる限り、私はいつでも在りし日の自分に戻ることができたのです。その後、彼は政治家になり、社会的に抹殺されようとしていた恋人と誹謗中傷されていた私を守り、現在の悪政を糺し、子どもたちに押し付けられる負債を減らそうと奔走してくれました。彼を殺した人々は私の過去を奪い、子どもたちの未来をも売り払ったことになるのです。伊能さんを失った私は自分の手で過去を取り戻さなければなりませんし、伊能さんの遺志を継いで、この国が辿る没落への道筋を修正しなければなりません。もう、いつか誰かがやってくれると期待することもできません。私たちが今すぐ始めるしかないのです。

逃避不可能の迷宮に閉じ込められたからには、覚悟を決めて、ここに留まり、戦うしかありません。一見八方塞がりのこの迷宮ですが、思わぬ抜け道もあれば、秘密の回路もあり、また頼れる協力者や助言者もいます。

ここでは誰も本当のことをいわず、曖昧な態度を取り続けています。誰も正解を知りませんし、そもそも正解があるのかさえも確かではない。結末が明かされるのは最後の最後で、それまではただ待つよりほかないのです。もう誰も真実に関心を持たなくなり、それが何のことか理解できなくなった頃、彼女は限られた人にだけそっと囁いてくれるでしょう。誰が何を求めていたのか？　裏切ったのは誰で、誤魔化したのは誰か？　嘘がどれだけ重ねられ、その嘘を覆い隠すためにさらにどれだけの嘘が加算されたか？　私たちの怠惰、従順さ、無関心と沈黙が、どれだけ高くついたか？

彼女はいつも静かに微笑み、私たちには何も求めません。彼女には喜びも悲しみもなく、怒りも恨みもありません。彼女が最後の最後に、そっと私たちに手渡してくれるもの、それは恥、憤懣、後悔、絶望、そして祈り。彼女の名前はクリオ、内気な歴史の女神。

百年の後にはどんな出来事も寓話のように無害になるでしょう。犯された罪も心を蝕んだ苦悩も平和に鎮まります。惨劇が起きた場所には雑草が無遠慮に茂り、誰かが身を投げた岸壁にはスノードロップの花が咲き、何も知らない人はそこを笑いながら、通り過ぎるのです。私たちが普段、何気なくそうしているように。時間は全てを平穏に解決してくれるでしょう。でも、百年も待ってはいられません。骨になる前に抵抗しなければ。いいえ、これは抵抗ではありません。きっと陛下も動いてくださるでしょう。大化の改新ならぬ、令和の改新を実行するのです。

ジャスミンのブラックメール

何をやってもヨイショしてくれるマスメディア、支持率を水増ししてくれる広告代理店、不正を常に不起訴にしてくれる検察、逮捕されそうな仲間を助けてくれる警察、政敵をネチネチ攻撃してくれるサポーター、資金をいくらでも提供してくれるスポンサー、これだけ揃えば、誰でも天下を取れる。だが、しょせんは猿山のボスに過ぎない以上、別の誰かがそれに取って代わるだけだ。私たちはそんな茶番の政権交代など見飽きた。

本来、国家が国民に奉仕すべきなのに、国民を国家に奉仕させる倒錯を行ってきたおまえたちが乗った泥舟もいよいよ沈没する時が来た。今までおまえたちのいいなりだった奴隷たちの薄情さを今こそ思い知るがよい。それでもおまえたちと命運をともにするという奴隷がいたら、仲良く抱き合って、底なし沼に沈むがいい。私たちがおまえたちにしてやれることはその沼に卒塔婆を投げ込んでやることくらいだ。その卒塔婆にはこう書いてある。

ようこそ石棺へ。汚染物質とともに安らかに眠れ。

人は善として生まれるのか、あらかじめ悪に染まっているのか？　故伊能議員を見る限り、自然状態では人は善を選ぶと思いたいが、おまえたちを見る限り、性悪説を取らなければならない。あるいはおまえたちが自然の摂理に反しているか、だ。おまえたちは自分の手で葬った人間の死後のことなど、関知しないだろうが、死者は死後に独自の進化を遂げることを思い知るべきである。

善人は殺されても死なないのだ。おまえたちが葬ったつもりでも、別の誰かが彼を蘇らせ、その人となりを伝え、その事績を讃えるから。悪人は誰かが手を下さなくても勝手に死ぬ。すでに自らの手でわずかに残った自分の良心を殺し、他人を犠牲にして、自分の利益を貪り、結果、絶望的な未来を招いているのだから。さらにその報いとして、おまえたちの名前は恥とともに墓に刻まれ、永遠に忌み嫌われる。死後の安寧を望むなら、誰からも忘れられるがよい。おまえたちが生前、何をしたか、後世の人間に知られれば、おまえたちの子孫にも大いに迷惑がかかる。悪事を働くなら、子孫を残すなと誰も教えてくれなかったのか？

おまえたちは官房機密費なる、不都合な事実を隠蔽するための資金を豊富に持っており、その金でヒットマンを雇ったことを私たちは知っている。下請けの下請けに放射能の除染作業をやらせるように、子飼いのヤクザを通じて、末端にいるおまえたちも知らない北朝鮮のヒットマンに五十万円で人殺しを請け負わせたのだ。おまえたちはヤクザに三百万円を払っただろうが、ヤクザが上前をはねたので、ヒットマンに渡った五十万円に口止め料は含まれていない。おまえたちには何の義理もないヒットマンは私たちが五十万円払えば、殺された伊能議員の復讐も代行すると約束した。せいぜい、返り討ちに遭うのを楽しみに待つがいい。おまえたちは警察も検事も裁判官も自分たちの味方につけているつもりだが、彼らの中には数こそ少ないが、善人もいる。善人一人は悪人十人分以上の価値があるので、おまえたちが二十人の悪人を買収するあいだ、こちらは二人の証言者を確保するだけで、おまえたちに勝つことができる。

おまえたちにいいものを見せてやろう。伊能議員の遺書はおまえたちが捏造したものだが、彼はいざという時のために私たちに宛ててこのような手紙を残していた。

親愛なる友人たちへ

諸君がこれを読んでいるということは、すでに私はこの世を去っている。

この国の社会も制度も、市民が死にたくなるようにできているのではないかとさえ思える。正直、私も時々、死にたくなるが、私が消えれば、彼らの思う壺なので、絶対に自殺はしない。もし死んだら、他殺だと思ってくれ。私の元に暗殺者が現れたら、私はできるだけ抵抗し、暗殺の証拠を残す。彼らの仕業だとわかるよう、雄弁な死体になるつもりだ。暗殺者は巧妙に私の死を自殺と偽装し、偽の遺書を用意することを見越して、あらかじめ本当の遺書を残しておくことにした。

念のため、私が死ねば喜びそうな人たちのリストも付けておく。私の暗殺を指示する者、暗殺者を雇う者、そのもみ消しに動く者、暗殺を自殺と報じる者たちはたぶん、このリストの中にいる。

彼らは税金を私的に濫費し、国民の財産を盗んだが、本当のお宝は奪えなかった。

そのお宝とは私たちの良心である。

彼らが私たちから気前よく買ってくれたものもある。

それは私たちの恨みだ。

私たちの良心を奪えぬまま、恨みばかり買ったので、彼らは悪事を全うできず、明後日には断罪されることになるのだ。

誰かを助けることができたなら、私がこの世にいたことも無駄ではなかった。

誰かと痛みを分かち合えたなら、私のお節介も無駄ではなかった。

誰かがこの世に憤っているなら、私の告発も無駄ではなかった。

誰かが私の遺志を継いでくれるなら、私の死も無駄にはならないだろう。


この手紙は伊能議員の手書きで、署名と日付も入っている。彼が添付したリストに記載されている一人一人の顔写真と自宅、勤務先の住所、電話番号、メールアドレス、SNSを記した一覧表を作り、これをダークネットに流した。おまえたちもこのリストを閲覧することができるが、削除することはできない。これから伊能議員の弔い合戦が本格的に始まる。今度はおまえたちがボランティアのヒットマンの影に怯える番だ。

まだあどけなさを残すジャスミンの横顔をしげしげと見つめながら、「あなたがこれを書いたの？」と確かめると、彼女ははにかみの微笑交じりに頷きました。

――ダークネットを通じて友達になったミステリー作家に添削してもらいました。

受け取り手を不眠に誘う効果が充分期待できる怪文書です。ジャスミンは私が見ている前で、これを手際よく、内閣府や官邸、与党議員やその秘書たちのアドレスに送りつけました。こうして私の個人的な復讐劇はクローゼットの中で密かに幕を開けたのです。敵の没落を早める行動に打って出たからには、こちらも我が身を危険に晒すことになります。これは総力戦である以上、敗者は退場しなければなりません。最悪、私は皇后の座から追われることになりますが、そうなればなったで、私の密かな願望が叶うことになるわけで、どんな結末も恐れるに足りないともいえます。

ブラックメールを送りつけるだけでは私たちの「世直し」はなんら実を結びません。それは呪文や祝詞以上のものではありません。「世直し」は社会全体に波及しなければ、意味はありません。いくら彼らをコトバで脅したところで、良心の呵責や自責の念を抱くことはないでしょう。法に背いた者には法の裁きを受けさせなければなりません。

しかし、善意の弁護士や国会議員、市民が原告となって、政府に不服を申し立てたとしても、政府が証拠を隠蔽する中で、原告は行政の不正、権力濫用の立証責任を押し付けられます。一審や二審で勝訴しても最高裁で敗訴となることが多く、原告の勝訴率は十パーセントを切るというのが現状です。民事訴訟で個人を提訴しても、被告が政府と結託していれば、悪事をもみ消すのはたやすいと思い上がるでしょう。碁盤の上にはすでに政府側の白い碁石が圧倒的に有利な状態で置かれていて、原告はそこに黒い石を置かなければならず、最初から極めて不利な勝負を強いられるのです。

黒い噂はいくらでも掘り起こせますが、検閲と隠蔽でしのがれてしまう。私たちにはもっと多くの味方が必要です。「改新」の遂行に全面的に協力してくれる四銃士、七人の侍、十二使徒が。

ロシアン・コネクション

首相はすでに三十回以上、ラスプーチン大統領と首脳会談を重ねていますが、私たちが大統領にお会いするのは今回で三度目になります。私たちの即位の際に一度、上皇様が亡くなられた折に一度、宮中でお話ししましたが、どちらも短い時間でしたし、ごく形式的な儀礼にとどまりました。今回の訪日は首相の招待に応じたものですが、その際に先方から直接、即位十年のお祝いを申し上げたいとの希望があったようです。国賓待遇で迎え、公式の晩餐会を催す方向で調整をしていましたが、首相ほか閣僚、両院議長らも列席しますし、その場では形式的な話しかできないので、略式のお茶会で充分、その代わりにじっくり話をしたいということでした。これは異例のことですが、大統領は「首相と話しても時間の無駄」と思っているのかもしれません。

御所でラスプーチン大統領を出迎えると、日本式に会釈をしてから、握手を求めてきました。力を込めて握るその手の冷たさが印象的でした。ラスプーチン大統領は通訳と秘書、日本通のブレーンを一人、連れて来ました。応接室で記念写真を撮影すると、ロシア側は大統領含め四人、日本側は夫と私、通訳、政府からの要請で外務省から局長クラスの二人が同席することになっていました。この二人は懇談に先駆け、私たちに最新ロシア事情の進講をした人です。お茶と軽食の用意はジャスミンと三人の侍女に申しつけました。

最初のうちはお互いに政治の話を避け、ロシアのバレエ団の来日公演の話題や極東の少数民族のシャーマンの話などをしていましたが、ラスプーチン大統領は外務省の役人が聞いていないところで、夫や私と密談をしたがっているようでした。五分ほど世間話を交わした後、盆栽の話になり、夫が平成様から受け継いだコレクションをお見せすることになりました。その時、外務省の局長たちと夫が話している合間を狙って、私は直接、ラスプーチン大統領に英語で耳打ちしました。

――今後の日露関係について、陛下と私が個人的に願っていることがあり、この機会にぜひ私たちの考えを大統領に聞いていただきたいのです。私たちの考えは必ずしも政府の外交方針や対露政策とは一致しないし、私たちの政治的発言は厳しくチェックされるので、あくまでも個人の意見として聞いて欲しいのです。ですから、大統領と私たち、ロシア側の通訳一人と別室でお話をさせてくれませんか？　部屋は用意してありますので、大統領の方からプライベートな話をしたいと切り出してもらえると助かります。

ロシア側の通訳がロシア語でも補足的に私のメッセージを伝えてくれましたので、大統領は「喜んで。人払いは任せて下さい」と応じてくれました。大統領は私の眼差しから、こういう展開をある程度予想していたようです。盆栽を一通り鑑賞した後、大統領は側近と外務省の局長に「両陛下とプライベートな話がある」と告げ、私たちは正殿竹の間に戻り、他の面々には庭を散歩してくるように勧めました。

私たちは互いの息遣いが聞こえる距離で向かい合い、「密談」に応じてくれたことを感謝し、夫からこう切り出してもらいました。

――私たちの願いというのはたった一つです。日本が再び戦争の当事国にならないようにすることです。もちろん、ロシアとも平和友好関係を恒久的に維持したいと願っています。私たちには外交的な駆け引きも、戦略もなく、これは祈りでしかありませんが、このことは直接、大統領にお伝えしたかったのです。

――両陛下が世界平和を希求しておられることは知っています。私たちももちろん、日本と平和条約を結び、極東の安全保障を確かなものにしたい。しかし、日本は安全保障政策をアメリカに依存しており、それがロシアとの平和条約締結を阻んでいる現状があります。

それを受けて、今度は私が答えました。

——残念ながら、その通りです。平和主義の理想はしっかりと憲法に書いてあるのですが、日米安保条約や日米地位協定によって、アメリカの従属的パートナーに甘んじているのが現状です。日本政府はアメリカ製の武器を買い続け、米軍の戦費を負担し、沖縄に基地を提供し、そのコストも支払っておりますが、それで国は守られていると国民は思い込まされているのです。その軍備の建前はロシアや中国、北朝鮮の脅威に備えるためということになっており、ロシアと平和条約を結べば、その建前が成り立たなくなるので、意図的にそうしないようにしているのでしょう。もっと現実に即した安全保障体制を築くべきですが、その議論をすること自体がタブーになっているのは悲しいことです。そんな矛盾した安全保障政策のもとでは、私たちがいくら戦争放棄を唱えても、信用されないかもしれません。私たちは何一つ政治的な決定はできない中で、ただ一つできることがあるとすれば、憲法に忠実な平和主義の立場を貫くことだけです。今後、ロシアとアメリカの対立が深まり、かつての冷戦時代に逆戻りする可能性を完全に否定できないというこの不安定な状況の中で、日本がロシアと戦争状態に陥るようなことだけは避けたいという私たちの思いを汲み取っていただきたいのです。

——両陛下が日米安全保障条約に懐疑的であることは国民も理解しているのでしょうか?

——政治的に微妙な問題なので、公言はできませんが、国民のあいだで議論が高まるよう期待しています。

ラスプーチン大統領は冗談めかして「私たちだけでロシアと日本の安全保障問題を決定できれ

ばいいんですが」といいました。

――お互いのこめかみにピストルを突き付け合うような物騒な抑止力ではなく、もっとお互いの理性と人道を確かめ合って、信頼関係を築くことこそが真の戦争抑止になると、陛下も私も信じております。また平和は一国の政治によって実現するものではなく、あくまで世界各国との連携によって初めて可能になるのです。

――確かに諸国協調が理想なのですが、人は裏切る生き物なので、なかなかお互いを信用するには至らないものです。かつてソビエト連邦はドイツと不可侵条約を結びましたが、ヒトラーに裏切られました。ヒトラーを信じたスターリンは自身の不覚に地団駄を踏みました。もちろん、私は陛下のお人柄を存じておりますし、決して約束を反故にするお方ではないと信頼しております。

――ありがとうございます。平和は大国の庇護下に入れば、守られるというものでもありません。こうして各国元首の方々とお会いし、その信義に期待するほかないのです。

――領土問題を解決するには戦争するしかないと考えている議員もいるようですが、彼らはどの程度本気なのでしょう？

――虚勢をはる子どもだと思ってください。

ラスプーチン大統領はここで初めて笑顔を見せました。

――中国とはアムール川中洲のウスリー島の領有をめぐって、武力衝突をしたことがありましたが、今では国境線が確定し、中国側、ロシア側の都市間ではビザなしの往来が盛んで、経済協力も進んでいます。日本が千島列島におけるロシアの主権を認めてくれれば、共同開発は一気に進むでしょうし、宗谷海峡に天然ガスのパイプラインを通し、日本へのエネルギー供給量を増やすこともできるはずですが、それを仕切れる政治家はなかなか現れてくれませんね。

——私たちが生きているあいだにそうなることを心から願っています。

——そのお気持ちはしっかり受け止めました。しかし、日本の首相はアメリカの方しか向いていないし、この先日本をどの方向に導こうとしているのかよくわからないというのが正直な感想です。ロシアも日露戦争の時以来、アメリカには苦汁を嘗めさせられてきました。ソビエト連邦崩壊後の経済危機の時も米英のハゲタカに国家財産を搾り取られました。ある意味、ロシアも日本もアメリカの資本主義テロリズムの犠牲になってきたので、手を携える余地はもっとあるはずです。

——アメリカの間接統治から脱却したいと考える政治家はいましたが、具体的な行動に打って出ようとすると、必ず失脚させられてきました。この国では政治家は未来の展望を持てず、ますます迷走を極めるでしょう。もちろん、ラスプーチン大統領と対等に渡り合える人は当分、現れないでしょう。

——日本には天皇皇后両陛下がおられるじゃないですか。陛下で百二十六代目になられると聞きました。これほどの長きに亘り、皇統が途絶えなかったのは奇跡というほかありません。強権を揮い、支配しようとすれば、反発を受け、恨みを買う。独裁者は滅びの道をひた進むものです。

私にもいずれ失脚する日が訪れるでしょう。政治の世界ではしばしばあり得ないことが起きます。我が国には過去に社会主義革命が起き、七十五年後に体制が崩壊しました。私はどのように断罪されるのか、全く想像がつきません。

パワーゲームで圧倒的な強さを発揮し、長きに亘ってロシアの舵取りを行ってきたラスプーチン大統領もお疲れなのでしょう。私たちの率直な思いを聞いて、にわかに愚痴の一つでもこぼしたくなったようです。権力者の立場は意外にも脆く、儚い。そのことを誰よりもよく知っている大統領は「君臨すれども統治せず」の夫の立場に憧れを抱いていると考えるのは深読みのし過ぎでしょうか？

大統領はお茶に手を伸ばし、短い間を取ると、話題を変えました。

——かつてはロシアにも皇帝がいました。ロマノフ家のニコライ二世は皇太子時代に日本を訪れています。長崎や京都を満喫し、右腕に龍の刺青も入れたそうです。大津で巡査に襲われ、怪我をしましたが、明治天皇はわざわざ京都に行幸し、ニコライ皇太子を見舞ってくれました。

——ニコライ皇太子は寛容にお許しくださり、明治天皇と親密な関係を結んでくれましたので、両国関係がこじれることはありませんでした。その十三年後には日露戦争が開戦されてしまいますが、明治天皇が戦争に反対したのはニコライ皇太子と交わした友情を守るためだったかもしれません。

——ニコライ二世は最後の皇帝になってしまいましたが、日本の天皇は危機の時代にも屈することなく安泰でした。それはとりもなおさず天皇が平和の守護者であり続けたからでしょう。私も可能な限り、戦争抑止に努めます。ロシアと日本の関係が悪化することがあっても、両陛下の願いを思い出すことを約束します。それから今日、お話ししたことは私の心の内に留めておきます。

ラスプーチン大統領は首脳会談の折に見せる鷹のような眼差しではなく、終始穏やかな表情を保っていました。私たちに他意がないことだけは伝わったのではないかと思います。会談は予定を三十分も超過しました。私たちが車寄せまで見送ると、「両陛下の願いは私の願いでもあります」といってくれました。別れ際の握手の感触を思い出しながら、夫はこう呟きました。

——不二子のお陰で、ロシアとの平和条約締結は早まるかもしれないね。

果たして、ラスプーチン大統領は私たちを守ってくれる隣国のダークナイトになってくれるでしょうか？　日本に亡国の危機が訪れた時、私たちに手を差し伸べてくれるでしょうか？　むろん、どんな辛苦に見舞われようと、常に国民とともにあらねばならないので、私たちだけがロシアの庇護を受けるわけにはいかないのですが。

タイガー・アンド・ドラゴン

翌日、外務省の総合外交政策局長と首相側近の内閣調査官が、ラスプーチン大統領と私たちの懇談の具体的内容を把握するために宮内庁に押しかけてきました。人払いをしてオフレコの密談を交わしたのですから、官僚はその内容については関知しなくていいのですが、にわかに心配になったのでしょう。御所に踏み込んで、私たちに直接問い質しそうな剣幕だったようで、後日、私たちから談話の内容を伝えるからと宥めて帰ってもらったそうです。

私たちのあらゆる行動を把握しているつもりの政府が蚊帳の外に出されたので、にわかに慌てふためいたのでしょう。政府に対して、秘密を持つということはなかなか愉快なことです。密談の具体的内容はもちろん、大統領との約束で開示することはできないので、曖昧に「互いの信義を確認しました」と報告するにとどめました。自分たちの失策によって袋小路に追い詰められたので、皇室外交のカードを切って、突破口を開こうとしたところまでは許せますが、皇室外交に一定の成果があれば、自分たちの手柄にしようとする魂胆があまりに露骨で、笑うしかありません。めぼしい成果がなければ、自分たちの失敗を目立たなくすることができるし、もしロシアの態度を硬化させるような事態になれば、自分たちの失敗を皇室に擦《なす》りつけることができる。「どっちに転んでも、総理は損をしません」と太鼓持ち官僚が耳打ちする様子が目に浮かぶようです。

近年、韓国との関係も悪化の一途を辿り、国交断絶を口にする議員も一人や二人ではありません。一九一〇年の日韓併合から三十五年に亘り、植民地にしていた日本が行った不当な仕打ちに対して償いをするのは当然のことなのに、逆に企業に対して行った元徴用工個人の賠償請求に政府が介入し、「解決済み」の一点張りで賠償も謝罪も拒絶しています。皇室は過去に謝罪と反省のことばを述べ、日韓の新時代を切り開こうとし、一定の成果を挙げたのですが、その功績は今や一顧だにされません。いたずらに反日感情を煽ったところで、何一つ得することはないのに、韓国の大統領に執拗な人格攻撃を加えれば、世論が味方につくという安易な考えを改めようともしません。韓国の大統領か、日本の首相のどちらか、あるいは両方が辞任した後でなければ、再び両国首脳が握手をすることはないでしょう。

二週間後には中国の李錦記国家主席を宮殿にお迎えすることになりますが、対中関係も泥沼状態で「戦争以外に局面打開の方法はない」と気勢を揚げる議員も増えています。十年前だったら、戦争を煽動し、国家に危機を招こうとしているとして、議員辞職は避けられなかったでしょうが、いつの間にか勇ましい発言をした方が人気者になれるという時勢になっていました。ロシアや中国に対して強硬姿勢を示せば、愛国者となり、親ロシア、親中国の発言をすれば、売国奴扱いされるという単純な二分法がまかり通っています。皇后を公然と売国奴呼ばわりする人はいませんが、密かにそう思っている人が少なくないことはダークネットの書き込みからもわかります。

近年の対中外交はなんら合意を得られず、挑発の応酬を繰り返し、互いに「遺憾」を表明し合う以外なく、手詰まり感は顕著です。首脳会談をしたところで実りなく、形式を踏襲するだけに終始します。首相が完全にお飾りに成り下がり、官僚はお飾りの顔色ばかり窺っているので、実務も絶賛停滞中です。なぜここで皇室の出番となるのか理解に苦しみますが、判断停止状態の首相や外務官僚のピンチヒッターに起用されたものと受け止めます。

李錦記国家主席夫妻は翡翠でできた芽キャベツをプレゼントしてくれました。夫からは精巧な細工が施された江戸時代の根付けを贈りました。申し合わせたわけではありませんが、職人技が光る小さな工芸品の物々交換を行なった互いの意図をじっくり確かめたいと思いました。

正面玄関にご夫妻をお迎えした後、正殿松の間にご夫妻を案内しました。随行の方々が多く、それに負けじと日本側も頭数を揃えたので、私たちの会談の場はまるでシンポジウム会場のようでした。公式会談は儀礼的な内容に終始するのが常ですが、オフレコになった瞬間に本音の交換ができるかもしれず、私はそのタイミングを逃さないよう細心の注意を払うことにしました。

話が近代史に及ぶと、何らかの形で日本側は罪悪感の表明をしなければならないこともあり、先ずは穏便に玉石と根付けの話題から入りました。日本人が着物を着ていた頃は煙草入れや印籠、革製の小物入れなどを持ち歩く際に紐で結び、留め具として使っていた装飾品ですが、現代ならスマートフォンやハンドバッグのアクセサリーにもお使いいただけるとお勧めしました。台北の故宮博物院にある翠玉白菜は有名ですが、現代の名工に依頼して、特注の翠玉芽キャベツを作らせたのだそうです。確かに夫は芽キャベツが好きですが、野菜にも平等に接する夫は自分の好みを公言したことはなく、どのようにしてその秘密を探り出したのか、主席に訊ねると、微笑を浮かべ、こう答えました。

——イギリス人の友人から聞きました。オックスフォードに留学されていた頃、陛下は芽キャベツがお好きだとその友人に打ち明けたそうですね。

夫は驚き、「その人のお名前は?」と訊ねると、「モーガン・マクブライドです。今はバークレイズの副頭取をしています」と答えました。夫は少し経ってから、「ああ、猫背のモーガン(Stoop Morgan)」といい、その人のことを思い出したようでした。そんなプライベートな交友関係までつかんでいるとは、世界の要人たちの泣きどころも握っているなと思わせました。そのくせ主席は自分の運勢を政敵に読まれまいと誕生日さえも明かしていません。

——両国の長く、深い歴史的関係について、お話ができるのを楽しみにしておりました。

李錦記主席がこう切り出して、会談は始まりました。主席は夫婦同伴で会談に臨むことを快諾してくれました。中国大使からの情報ではファーストレディの朱凜風(チュー・リンフェン)さんは歴史学の博士だそうで、歴史議論でも万全の構えができているようでした。凜風さんはにこやかに「天皇陛下にお会いしたら、徐福の話をしたいと思っていました」といいました。

——実は私の故郷は青島で、徐福とは縁が深いのです。

徐福といえば、始皇帝の命を受け、不老不死の仙薬を探しに蓬萊を目指し、三千人からなる大船団を組織し、大量の物資を積み込んで船出し、一度は戻ったが、二度目の航海に出た後は戻らなかったという人物です。司馬遷の『史記』にその記述があるものの、長らく、伝説上の人物扱いされていましたが、一九八〇年頃、中国で徐家に連なる戸籍が発見され、歴史上実在したことが確かめられました。

——徐福のことは『源氏物語』初め、『平家物語』や『太平記』などでも触れられていますが、出典は白楽天の「海漫漫」の詩です。

私がそういうと、凜風さんはすかさず甲高く、澄んだ声で詩の一節を暗唱しました。

海漫漫　直下无底旁无边
云涛烟浪最深处　人传中有三神山
山上多生不死药　服之羽化为天仙

海は広大無辺、下は深く底なし四方には何も見えない。

雲煙のように波が起こる、その最も深い処に三神山があると人はいう。

山上には不死の薬が群生し、飲めば羽が生え、天翔ける仙人になる。


中国語の朗読を聴くのは初めてでしたが、その後はこう続きます。

始皇帝は方士に不死の薬を探させるも、蓬莱山は見つからず、帰るに帰れず、若い男女も舟の上で老いていった。まんまと徐福に欺かれたのだが、空しく祈禱を続け、今では驪山の墓の主で、蔓草が悲しい風になびいている。神仙の元祖、老子の道徳経には、薬や仙人のことなど書かれていないし、天を自在に飛び回れるともいっていない。欺かれるのは愚者ばかり。

――白楽天はやんわりと始皇帝をからかっているのですね。

――唐代の詩人は自由の気風を重んじましたので。

夫も徐福には関心があり、何冊か研究書を読んでいましたので、会話に積極的に加わりました。

――徐福渡来の伝承が残されている土地が日本には二十数ヶ所ほどあります。有名なのは佐賀と紀州です。佐賀には弥生時代の吉野ヶ里遺跡というのがあり、大陸から渡来した人々の生活の痕跡ともいわれています。当時の日本列島はまだ狩猟採集時代でしたので、水田稲作を伝えたのは徐福ではないかという説もあります。

――中日の関係はまさにその頃に遡るわけですね。

――そのようです。日本列島の先住民は縄文末期で七万数千人くらいといわれていますから、もし本当に三千人もの人々が渡来していたら、人口比率が変わるほどの大きな出来事だったでしょう。徐福が引き連れてきた人々は大陸からの最初の移民で、それ以後の千年間に百五十万人ほどが日本列島に渡ってきたそうです。先住民との混血も進み、西暦六百年代の段階で、その血統の比率は大陸系渡来人八割、縄文系の先住民二割ほどだったかと思います。

――それは興味深い説ですね。はるか歴史を遡れば、私たちは共通の祖先に行き着くことが科学的に立証できるというわけですね。

――正しい歴史認識を持てば、私たちは友好的な関係を維持できると信じています。

――陛下の仰る通りです。ところで、徐福が初代天皇の神武天皇だったという説があるそうですね。

李錦記主席がにこやかな表情のまま、いきなり核心をつく一言を呟きました。日本側の通訳が一瞬、怯んだ表情を見せましたが、夫もポーカーフェイスでこう答えました。

——神武天皇は伝説の人物とされていますので、それはちょっと微妙ですが、もしそうだとしたら、私の先祖は始皇帝を出し抜いた男ということになりますね。

——華人は古代より暴政から逃れて、新天地を目指してきましたが、陸の帝国の中国は海の向こうまでは支配する気がなかったので、徐福も無事に平原広沢に辿り着き、平和に暮らすことができたのでしょう。

——戦乱から逃れてきた人々にとって、日本は終着点だったのでしょう。日本の向こうには太平洋が広がり、この先、逃げる場所はなかったので、人々は平和的共存の道を選んだのだと思います。

和気藹々と古代史をめぐる会話を楽しんでいるようでいて、主席も夫も慎重にコトバを選び、互いを牽制し合っていました。李錦記主席のコトバを深読みすれば、「中国の歴代皇帝は海の向こうの辺境には興味がなかったが、自分は太平洋への覇権拡大に大変興味を持っている」というメッセージが暗に込められていたかもしれません。それに対し、夫は「近代において不幸な過去はあったが、平和への希求は徐福以来、この国が守ってきた原則で、自分はその原則に忠実である」と伝え、理解を得たかったのです。

その後、「魏志倭人伝」の話、遣隋使や遣唐使の話なども交わしました。日本は歴史上、何度か大きな転機を迎えており、徐福の渡来もそうだけれども、唐の時代の白村江の戦い、元の時代の元寇の際に、社会や制度が大きく変化したという話にも、お二人は熱心に耳を傾けていました。

小一時間ほど経過したところで、夫が「庭にご案内いたしましょう」というと、お二人は微笑とともに私にアイコンタクトを取りました。会談の本番はこれからだという合図と受け止めました。曇り空の下、夫が李錦記主席と並んで歩き出すと、側近たちもついて行こうとしましたが、主席が手でそれを制したので、外務省の人々も私たちに一定の距離を保つことになり、密談の準備が整いました。

凜風さんは英語にスイッチして、私にこう語りかけました。

――この場にいる人たちがみんな信用できる人たちであれば、もっと気兼ねなくお話しすることができるのですが。

それを聞いて、お互いに同じ悩みを抱いていることが確かめられ、私も微笑み返しました。松の間での会談の最中、凜風さんはしばしば、耳の後ろを触ったり、両手を交差させたりする仕草が目につきましたが、庭に出ると、そうした警戒のシグナルは消え、心を開こうとしている様子が見て取れました。私的に交友関係を結ぼうとしている場にあっても、私たちの背後には常に国家が控えています。切れば、血も出る普通の人間でありながら、一方は日本国の象徴、一方は中国の国家元首という立場上、私情をさし挟む余地はほとんどありません。しかし、私情がないところには信頼関係も芽生えませんし、互いの心中に何かしら響き合うものがなければ、友情が育まれることもないでしょう。

李錦記主席も英語で夫にこういいました。

――正直、日本の政治家には腹を割った話のできる相手がいません。中日の友好関係は共同声明とその後の平和友好条約に基礎がありますが、近年は疎遠になっている感が否めません。主権と領土保全の相互尊重、相互不可侵、内政の相互不干渉の原則は変わりませんし、紛争は武力や武力による威嚇に訴えることなく、平和的手段により解決する約束は生きているのですが、一部の政治家の言動が友好関係に水を差しているようです。

――近頃の政治家には品性を疑うような言動が目立ちます。日本が歴史的に誤った選択をしないことを祈るばかりです。

――一度伺いたいと思っていたのですが、天皇陛下は政権与党とは政治的に相容れないお立場にあるのですか？

――私は政治的中立を守らなければならない立場ではありますが、現政権には不満があることをこっそりお伝えします。

――天皇陛下の目下のご境遇について、もっとお話を聞かせていただきたいものです。どうでしょう。よろしければ、折に触れて、メールの交換をさせてもらえませんか？　もちろん、誰にも読まれることのない秘密の回路で。

英語でチャットができれば、私たちの関係はより深まるでしょう。密談の時間は限られており、そろそろ部屋に戻らなければなりませんでしたが、どうしてもお二人に話しておきたいことがありました。それは先週、私が見た夢の話でした。

私は渡り鳥のように空を飛んでいました。いいえ、飛んでいたのは無人ドローンで、私は内蔵カメラが映し出す映像を見ていただけかもしれません。雲のあいだを旋回しながら、海に浮かぶ島々を俯瞰していました。水墨画を思わせるその光景はよくよく見ると、日本列島にそっくりでした。なぜか、北海道から東北の日本海側にかけては一頭の虎を思わせる雲が、関西から九州、沖縄にかけては巨大な龍にそっくりの雲がかかっているように見えました。

突然、私が夢見の話をすることに軽く戸惑いながらも、凜風さんは「タイガー・アンド・ドラゴン」と呟きました。

――とても縁起のいい夢ですね。虎と龍に当たる山に囲まれた場所は風水的には絶好の場所なのです。空から見たのは日本列島だったのでしょう。虎はシベリアのタイガに生息するアムール虎で、龍は中国の南海龍でしょう。日本はロシアの虎と中国の龍に守られているというお告げではないかしら。

それを聞いた夫と李錦記主席はほぼ同時に笑い出しました。「その夢解釈は今日の話の結論になりそうだ」と主席がいい、それを受けて、夫は「君は新しい安全保障のあり方を夢に見たということだ」といいました。

――もし、日本が日米安全保障条約を破棄し、米軍基地を一掃してくれれば、東アジアの安全保障環境は一転して、新たな時代を迎えることになる。おそらく、ロシアもこれを歓迎するでしょう。中日露の三国同盟を締結できれば、アメリカは孤立し、単独での軍事作戦が難しくなり、国際協調路線を取らざるを得なくなるでしょう。太平洋や中東での軍事プレゼンスも低下することになり、世界平和の実現に一歩近づくことは確かです。

主席は声を潜め、私たちに耳打ちをすると、こちらを注視している取り巻きの人々に聞こえよがしに笑い、楽しく冗談の応酬をしているふりをしました。

――私が見た夢が実現する確率はどれくらいでしょう？

私が真顔で訊ねると、主席は蘭の花の香りを確かめながら、こういいました。

――私は数学者でも、軍人でもないので、確率は計算できませんが、私が国家主席でいられるあいだに日本をアメリカの呪縛から解放して差し上げたいものです。もちろん、人民解放軍は日本に基地を置いたりはしませんので、専守防衛にお努めください。

我が国の首相とは違い、国家の諸問題は全て頭の中で整理されていて、当意即妙に国家の意思を体現して見せるところは、さすが十五億の人民のトップに立つ人物だけのことはあると感心しました。

日本解放の夢の実現のハードルが途轍もなく高いことは夫も私もよく理解しているつもりです。控えめに予想しても、終戦から百年が経過しても、日本は相変わらずアメリカの間接統治下にある可能性は高いでしょう。けれども、アメリカの凋落が予想外に進んだ場合、アメリカと同盟を結んでいたがために中国、ロシアとの戦争に駆り出され、敗戦を喫することだけは何としても避けなければなりません。もしかすると、主席がいう通り、「日本は中国のおかげでアメリカの占領から解放された」と三十年後の小学生は学校で習うことになるかもしれません。自分の目でそんな未来を確かめられるかどうかは微妙ですが、なるべく敵を作らないというのが国家百年の計であることだけは間違いありません。原子力施設の電源をカットされただけで危機的状況に陥るこの脆弱な日本ではなおさらに。

——天皇皇后両陛下の率直なお気持ちを聞かせてくださったことに感謝いたします。日本の政治家相手にはできないお話も、気兼ねなくさせていただきました。中日の関係は陛下と私の関係のようにあることが望ましいと思い至りました。もちろん、この見事な日本庭園でお話ししたことは私たちの心に深く秘めておきましょう。あらぬ誤解を招かないためにも。この先、お二人がどのような境遇に置かれることになりましても、私たちが全力でお守りすることをお約束いたします。一貫して世界平和を希求してこられた両陛下を手厚くおもてなしするのは当然のことです。

李錦記主席からそのような優しいおコトバを頂戴できたのは大きな収穫でした。私たちが各国首脳と交わす会話はごくありきたりで、儀礼的なものだと多くの方々は思っているでしょうが、御所のローカル・ルールでは、こっそり本音を打ち明け合うことを儀礼的と呼ぶのです。

その夜、私たちは宮中晩餐会で再び、同じテーブルにつきましたが、舞子が積極的に凜風さんの話し相手を務めてくれました。その際、近いうちに北京に招待するので、是非お運びくださいと誘われたと報告を受けました。ご夫妻には二十八歳の息子さんとイギリスの大学に留学中の娘さんがいますが、息子さんが北京の名所を案内してくれるのだそうです。「お誘いに応じたら」というと、「息子の顔をネットで検索したら、幸い母親似で、わりとイケメンだった」と嬉しそうでした。

――来月、ビジネスで東京に来るらしい。女子会に連れて行ってあげようかな。

今まで男性にあまり関心を示さなかったので、心配していたのですが、単に眼鏡にかなう相手がいなかっただけとやや安心しました。

市民よ、怒れ

政府は先ごろの衆議院選挙で安定多数を確保したのをいいことに、さらなる増税と年金削減に踏み切りました。今や千円の買い物をするのに千二百円払わなければならず、最低賃金も据え置かれたというのに、依然、有権者が政権を支持していることがにわかには信じられません。怒りの声はネットには溢れていますが、選挙結果もテレビの報道もそうした怒りの声など何処吹く風です。そもそも近年の投票率は五十パーセントを切ることが多く、国民の半分は参政権を放棄している状態です。政府は国民を富裕層、中間層、貧困層に分断し、さらに政治的無関心へと誘導し、組織的な得票で絶対多数を確保し、国民の信託を得たことにしているのですが、その結果、もっとも凡庸な男が独裁者になる構造が生まれてしまいました。

今や完全少数派になってしまった「怒れる市民」にエールを送りたくて、私はダークネットに長文の書き込みをしました。

若者は定職を奪われ、将来の夢は早くから諦めなければならず、結婚や子育ての余裕もなく、年金も充分にはもらえず、その年金をもらう前に飢え死にする心配もしなければなりません。三位一体化した政治家と官僚と大企業経営者は仲間内で利益を融通してゆくことにしか興味がなく、追い詰められてゆく若者の境遇など一顧だにせず、未来を食いつぶしています。

政府は国民から完全に乖離しています。施政者はほんの一握りの国民だけを優遇し、その他大勢をネグレクトしているのです。政府が絶対多数の国民に全く関心を払わないのだから、何をいっても無駄と諦めが支配する。国民は政治的無関心に誘導され、「日本がどうなろうと、知ったことか」となる。自分たちがどんな不正を働いても、国民は知らんぷりしてくれる。まさにそれこそが政府が望むところで、白紙委任状を受け取ったつもりでやりたい放題することができるのです。

増税すれば、生活にさらに余裕がなくなるのに、仕方がないと諦める。原発を再稼働するといえば、電力供給のためだと目を瞑る。なんの役にも立たないポンコツ戦闘機とミサイルを爆買いしても、自分とは無縁だと黙認し、いよいよ、戦争することになっても、自分が戦うわけじゃないから、勝手にどうぞと判断停止する。内心では全てを拒みたいのに、服従するしかない。国民は虐待されている子どもですか？　私たちには良心の自由もあれば、恐怖と欠乏から免かれ、平和のうちに生存する権利もあることを忘れたのですか？

私は、若者から怨嗟の声が聞こえてこないことにずっと不安を抱いていました。世論調査はあてにはならないけれど、思いのほか多くの若者が現状を追認し、無能な首相、ギャング同然の議員たちを「ほかの人よりはよさそう」などと消極的ではあるものの支持していることが信じられません。ジャスミンはそんな同世代の子たちをどう見ているのか、週一度の散歩のお供をしてもらいながら、訊ねてみました。

――若い人たちは政治に不満を抱いていないのかしら？

――自分たちは仲間同士でよろしくやっていければいいと思っているんじゃないでしょうか。

――あなたはどうなの？

――私はデモに参加したりして、「意識高い系」だったので、ちょっと周囲から浮いていました。

――学生が政治参加するのはカッコ悪い？

――はっきりいって、みんな就職のことしか考えていないですね。依然として、資本主義に奉仕する気満々です。

――「キャピタリズムは反社会的テロリズム」といった人がいたわ。

――私は「市民革命は資本主義に潰される」と習いました。

――デモには参加したけれども、市民革命は起きないと思った？

――ですから、不二子様にお仕えすることにしたんです。不二子様がこの国を変えてくださると思ったので。

――あなたはよほどの変わり者ね。ところで、あなたは最近、よく舞子と話をしているようだけれど。

――はい。舞子様もダークネットに興味をお持ちでしたので、アプリをダウンロードして差し上げました。

――え、あの子もダークネットを利用しているの？

――ご存知なかったですか？

――あの子は何もいわないから。スノードロップが私だということも知っているの？

――書き込みはお読みになっているようです。舞子様もブルーローズというハンドルネームをお使いになって、英語で書き込みをされているようです。

自分の将来を考える上で、知見を広めるのは大いに結構なことですが、身分を隠し、言論の自由を行使するとは、血は争えないものです。

――舞子とは普段、どんな話をしているの？

——アメリカや韓国の映画やドラマの話、相撲や戦国武将の話などをして盛り上がっております。

——政治の話もする？

——はい。舞子様はかなり辛辣なこともおっしゃいます。

——私たちの前では政治の話は一切しないのに。

——不二子様に劣らず、舞子様もこの国の行く末を憂えておられます。

ある時、私が蠟燭に火を灯す例の儀式を行なっていると、舞子とジャスミンは居間のソファに寄り添って、タブレットの画面に見入っていました。舞子はジャスミンの肩に顎を乗せ、普段、私たちには決して見せない笑顔で「この人嘘ついてる。だって、目が死んだ魚みたいだもん」とか「地雷踏んだのに、素知らぬふり？　下半身吹き飛んでも気づかないくらい鈍感」などとネットニュースにコメントを入れながら盛り上がり、仲睦まじい姉妹のように戯《たわむ》れていました。このようなスキンシップを好む子だったことを二十七年目にして初めて知りました。

I'm Nobody!

かねてよりジャスミンがダークネットを通じて、接触を図っていた人物に会ってみることにしました。政治の世界では裏切りが前提なので、信用という概念はカッコに入れなければなりません。息をするように嘘をつく人々を信用すること自体が大いなる矛盾なのですが、何かを担保にすることでギリギリ信用を確保することはできます。

その人物は柳川昭夫というロビイストで、亡くなった伊能議員の大学時代の後輩だそうです。二人は大学時代に共通の指導教授のセミナーで学んでいたようですが、三年のズレがあり、直接的な接触はなかったようです。同じ教授の指導を受けながら、二人が受けた影響と卒業後に辿ったコースは正反対でした。伊能は市民と社会の側に立ち、柳川は一貫してアメリカ政府の日本統治に奉仕してきました。いわゆる「ジャパン・ハンドラー」と呼ばれるグループの一員で、CIAや外交問題評議会などにもある程度、顔が利く人物だということです。キャリアを順調に積み上げるために、二枚舌を巧みに駆使してきただろうことは容易に想像がつきます。そんな男が私たちの味方になるとは思えませんでしたが、ジャスミンは「相手の弱みをしっかり握ったので、私たちが知りたいことを教えてくれるはずです」といいました。

――どんな弱みを握ったの？

――よくある弱みです。柳川さんは表向き愛妻家ですが、若い愛人がいます。浮気が奥さんにバレることを極度に恐れているようです。

優柔不断な男は大抵、離婚もできないし、愛人と別れることもできないものです。与野党問わず、議員の皆さんは夜間の活動が盛んなようで、選挙区の有権者への奉仕や、法案の検討などを後回しにしてでも、パーティに参加し、時にセクハラ行為に及び、政治活動費でもみ消すようなことを繰り返しています。同じ穴の貉なら、議員もロビイストも官僚も互いに相手の弱みを握り合うことで、信用を確保し合っているのでしょう。

――そんな誰もが抱えている弱みよりも、その人の心のうちにわずかでも残っている正義に訴えたほうがいいんじゃない？

――実は柳川さんの若い愛人というのは私の幼馴染みなんです。敵方が握っているのは地雷の存在だけだとすれば、こちらは地雷本体と懇意にしているので、断然有利です。

ジャスミンの勝負勘を信じ、表向き「今後の日米関係」という名目の進講を依頼する形で柳川を御所に呼び、情報提供をしてもらうことにしました。

私が本当に聞きたかったことはただ一つ、この国はいつになったら、アメリカの間接統治から解放され、自主自立を達成できるのかということです。今までも何度となく、折々の総理や諸閣僚、総理の側近たちに同じ問いかけを重ねてきましたが、一度として、納得のいく回答をもらったことはありません。柳川は私の前でただ恐縮するばかりで、なかなか本音をいおうとしませんでしたが、ジャスミンが柳川の若い愛人の名前を出し、「普段、彼女に話しているように、政権のダークサイドを包み隠さず教えてくれればいいんですよ」というと、一瞬ひるんだような表情を浮かべ、「私は普段、彼女には政治の話はしません」といいました。ここで心を閉ざされては、わざわざ呼び出した意味がなくなるので、私は諭すようにこういいました。

――いろいろといいにくいこともおありでしょうが、真実を打ち明けられる相手が一人でもいれば、心の負担は軽くなると思いますよ。私がその相手にふさわしいかどうかはわかりませんが。

それを受けて、ジャスミンは「過去に皇后陛下に嘘をついた人なんているんですか？」と独り言のように呟くと、柳川は眉をピクリと震わせました。嘘をつくと顔に出る人は基本、正直な人なのでしょう。柳川は観念したように話を始めました。

――政府が公益に奉仕することをやめた途端、権力者を豊かにするシステムだけが機能するようになります。政権与党は官僚と組んで、巧妙に「汚職」を「合法化」し、国益を略奪することに専心するのです。経済は権力に従属し、公平な競争によって発展する市場は機能しなくなります。この経済システムは、官僚主導の計画経済のようなものです。行政が展開する「公共事業」や「経済振興」の形態を取ったり、開発法、振興法、整備法、事業法、政省令、規制、許認可等の法制度を利権誘導のために運用し、補助金、特別会計、財政投融資計画などの財政制度を発動させ、特殊法人、公益法人、認可法人など官製の企業体を母体にします。それら有機的かつ強固な連携によって、行政機関は政府に寄生する一部の権力者と官僚、下請けを担う企業だけが潤うようにできているのです。その閉ざされた市場に資金が循環してさえいれば、民間の経済がいくら衰退しようとも、我関せずというわけです。

――過去にこのシステムを改めようとした人はいないんですか？

――伊能議員を含めて、三人いましたが、皆さん、志半ばで自死されてしまいました。

――つまり全員、謀殺されたのですね。

――そうです。この政府主導のマフィア経済に切り込もうとすれば、必ず排除されます。弱みを握られ、口を塞がれ、左遷され、本気で歯向かう者は「消去」されます。

――鉄の結束で守られているというわけね。

――仲間内でも監視がついていて、内部告発の疑いを抱かれたら、その時点で万事休すです。

――あなたも常に疑われている身だということですね。心配は無用です。ここで話したことは誰にも口外しません。私はただこの国が置かれている現実を見据えたいだけです。

――何処から話せばいいのか、正直迷います。この国が抱え込んだ宿痾は実に根深いのです。ある意味、百二十年以上も前から、日本が辿る運命は決まっていたといえます。日本はあるユダヤ人が敷いたレールの上を邁進する機関車にすぎなかったのです。

――百二十年以上前の日本の選択が今日の日本に影を落としているということですか？

――はい。具体的には日露戦争が日本の命運を分けたのです。日露戦争とは、日本がアメリカのユダヤ系金融業者から借金をし、アメリカの仲裁によって、ロシアに勝った戦争でした。同時に同じユダヤ人がボルシェビキを支援し、帝政ロシアの崩壊を後押しした戦争でもありました。当時の日銀副総裁の高橋是清は戦費を調達するために渡米し、公債を募集しましたが、なかなか引き受け手が現れませんでした。そこで日英同盟を結んで間もない英国に渡り、五百万ポンドをかき集めましたが、ロシアに利権のあるロスチャイルドには融資を断られました。そこで助け舟を出したのが、シフという男です。高橋是清に接近し、日本軍の士気の高さなどを確認すると、翌朝、五百万ポンド公債を引き受けました。シフはその後もリーマン・ブラザーズ、ドイツのユダヤ系銀行に呼びかけ、総額で二億ドルもの戦費を調達し、日本の勝利と帝政ロシアの崩壊へと誘導しました。シフの真の意図は、帝政ロシアで起きたユダヤ人の集団虐殺（ポグロム）に対する報復だったことはよく知られています。日本軍はその尖兵として、活用されたというわけです。彼にとっては、乃木希典も東郷平八郎もチェスの駒に過ぎなかったのです。

――明治様は日露戦争も、その前の日清戦争にも強硬に反対されていたのです。

――もしかすると、外国資本に日本の未来が握られることを直感されていたのかもしれません。アメリカ政府は日露の仲介役でしたが、その真の狙いは満州権益の確保、ロシアと大日本帝国の弱体化でした。いわば、日露戦争の真の勝者はアメリカとユダヤ系金融資本だったということです。明治天皇がそのことを察しておられたとすれば、その慧眼には敬服いたします。シフは日露戦争後はロシア革命を支援し、ソビエト連邦への融資を継続しました。日本もロシアも等しく、アメリカとユダヤ系金融資本に莫大な借金を抱えることになったのです。

――日露戦争で莫大な負債を抱え込んだのに、なぜ日本はその後も戦争を継続できたのですか？

――負債を抱え込んだからこそ、戦争するしかなかったのです。日本は日露戦争後も大陸で断続的に軍事作戦を展開し、一九三一年の満州事変からはアジア・太平洋戦争の泥沼に踏み込んでゆきますが、厳しい財政状況にもかかわらず、日露戦争の借金返済を履行しました。この律儀さを評価し、日本は敗戦国になったとしても、借金を踏み倒さないだろう、とユダヤ系金融資本は日本を信頼し、融資を続けることにしたのです。これは、しかし、悪魔の誘惑でした。

――そのことを当時の日本国民は知っていたのですか？

――ほとんど何も知らされなかったでしょう。それを知ったからといって、何ができたでしょう？　負債を踏み倒せば、帝政ロシアのように国家は転覆させられる。施政者の選択肢は戦争遂行しかありませんでした。戦争に勝てば、借金は帳消しになる。もちろん、負ければ、負債はさらに膨れ上がるのですが、戦争を始める人間は負けることは想定せず、勝った時のことしか考えません。大陸での戦争が長引き、遂に日本は債権国のアメリカとの戦争に突入します。包囲網を敷かれ、石油の禁輸措置を取られたので、一か八かの戦争に打って出るしかなかったという事情もありますが、日独伊三国同盟の縛りがあったので、ナチス・ドイツとの交戦をイギリスに働きかけられたアメリカは日本が宣戦布告して来るよう仕向けたのです。最終的に日本は完全な敗北を喫しました。それは国家の滅亡も同然でしたが、借金は帳消しになりませんでした。債権者のユダヤ系金融資本とアメリカは同盟国に対し、戦争賠償金の免除を呼びかける一方、日本の戦後復興と経済成長を後押しします。日本に貸した金をしっかりと金利をつけて回収し続けるために。こうして日本は戦勝国のアメリカと債権者の金融資本に恒常的に隷属することになったのです。

――歴史を語る時、「もし」は禁句ですが、もし、日本が日露戦争を思いとどまっていたら、莫大な負債を抱えることもなかったし、その現実から国民の目を逸らせるために戦争を拡大させる必要もなかったのですね。

――その通りです。もし政府が国民に日本の実情を伝えていたら、戦争反対の声はもっと高まったかもしれませんが、政府は国家総動員体制で国民を戦争に駆り立て、あたかも日本が快進撃を続けているかのように騙し続け、ひたすら現実逃避を行なっていたのです。政府が紡ぐファンタジーに期待をかけ、国民は財産を、家族を、友人を、そして自分の命まで失いました。敗戦して初めて、明日の糧にも困る現実を突きつけられ、さらなる負債を押し付けられることになりました。

　私は三笠宮様が生前に語っておられたコトバを思い出しました。

「偽りを述べる者が愛国者とたたえられ、真実を語る者が売国奴と罵られた世の中を、私は経験してきた」

　日本の報道機関は今でも真実を伝えることに及び腰で、政府の顔色ばかり見ています。誰しも売国奴と罵られるよりは愛国者とたたえられたいでしょうが、その結果、政権批判や日本を告発する声は穏やかに改変され、問題を目立たなくするよう加工された情報だけが流通しています。

——敗戦によって、日本はさらに劣悪な状況に追い込まれましたね。

——はい。日本は主権を奪われ、占領下で非軍事化と民主化が進められました。東洋のスイスという理想主義の実験場になるかと思いきや、憲法公布後にアメリカが共産主義封じ込め戦略へ方向転換をし、占領政策終了直前には日本の右翼と組み、再軍備を進め、冷戦の従属的パートナーにさせられました。アメリカは間接統治を継続するため、既存の官僚機構を操り、忠実に命令の実行がなされるようにしたのです。結果、平和主義の理想は憲法に残したまま、日米安保条約や日米地位協定によって隷属システムが強化されました。アメリカ最優先の「官僚制民主主義」が権力の中枢を占めることになりました。

——祖父の世代の借金を子どもが背負い、さらに孫やひ孫の世代が払わされることになったのですね。

——日露戦争の借金を完済できたのは八十年後の一九八六年でした。東京サミットが開催され、バブル景気が到来した頃のことです。アメリカによる日本叩きが始まったのもその頃です。ようやく、アメリカへの隷属状態から解放されるかと思いきや、そうは問屋が卸しませんでした。その頃、日本の銀行に預けていた預金の利息はどれくらいだったか覚えていらっしゃいますか？年利で四から五パーセントありましたので、年金生活にも余裕がありました。八五年に「プラザ合意」が交わされ、破産寸前だったアメリカの国債を大量に買わされました。日本の多額の貿易黒字を相殺するためでしたが、その後、日本が経済の主導権を取り戻そうと、塩漬状態のアメリカ国債の売却を画策したとたん、連邦政府は、日本人がアメリカ国内に所有している資産を凍結するといって、脅しました。少しでもアメリカの意向に背く発言なり、行動なりを取ろうとすると、首相でさえも容赦なく切り捨てるようになったのです。そして、高い技術力を持った日本企業の株、郵便貯金、簡易保険などをアメリカの金融機関に売り飛ばすいわゆる「日本売り」が進められました。アメリカは、日本の銀行も次々と潰してゆきました。ようやく借金を返したと思えば、今度はアメリカの借金の肩代わりをさせられることになったのです。目下の日本政府は年金資金をリスクの高い証券に投資し、ウォール街の株式市場の安定にも貢献しています。アメリカはあの手この手でジャパン・マネーを吸い上げ、日本をかつての債務国の状態にとどめておくことで思いのままに操っています。

——日本は破滅に導かれているということではないですか。

——そう見えるかもしれません。財政赤字は税収の二〇倍、GDPの二倍にも膨れ上がっていますが、それでも日本は破産しないと多くの経済学者がいいます。それはある意味、正しい。なぜならば、破産したら、アメリカもユダヤの金融資本も日本を金蔓にすることができなくなるからです。いくら国庫が空だといっても、彼らは貪欲に国民の資産まで巻き上げるでしょう。現に年金資金を食いつぶしていますし、インフレに誘導すれば、資産価値は一気に下がってしまいます。いつもリスクを背負うのは国民です。

——生殺与奪の権利をこうも簡単に譲り渡してしまうとは、政治家は一体、何をしているのですか？　日本がそのような隷属状態に置かれていることを首相や与党議員たちはどう受け止めているのですか？

——一言で申し上げれば、誰もが諦めております。自分たちは所詮、将棋の歩、チェスのポーンに過ぎない、と。しかし、歩もポーンも使われ方次第で大活躍できるところに希望を見出しています。出世する国会議員はほぼ全員、国民の心配などは一切せず、アメリカに全身全霊で奉仕しております。日本では売国奴が一番偉いのです。その本質を隠すために日の丸を振り、愛国を唱えているだけです。アメリカのイエスマンになれば、首相や大臣職の任期は長くなり、懐も潤うでしょう。しかし、「アメリカ国債を売る」とか、「日米安保を見直す」とか「戦費負担はしない」などと一言でもいおうものなら、翌日にはスキャンダルがリークされ、辞任問題に発展し、急病に襲われます。アメリカ政府の高官に呼び出されたら、最悪、謀殺も覚悟しなければなりません。アメリカの前では平身低頭している彼らは、日本ではアメリカを盾に偉そうに振る舞っています。日本では虎の威を借りた狐になるほかないのです。

――何とも惨めで、気の毒な人たちですね。アメリカの圧力に抗える人は本当にいないのですか？

――アメリカに歯向かう気概は大抵、空回りに終わりますが、中国やロシアに擦り寄るという生き方もあります。ただ、日本の対中、対露外交政策を決めるのはアメリカン・スクールですので、その行動は全てアメリカに筒抜けで、下手に動けば、機密漏洩や奸計を疑われます。私たちは政治的に隷属しているだけではなく、経済もプライバシーさえもアメリカに握られているのです。日本はアメリカの戦争ビジネスの構造の中にしっかりと組み込まれ、政治家も官僚もいや、一般市民も含めて、監視下に置かれています。長年、米軍基地を提供し、「思いやり予算」と日米地位協定で厚くおもてなしをしてきた日本は表向きアメリカの「同盟国」ですが、その扱いは植民地です。憲法九条の縛りでベトナム戦争も中東戦争にも参戦せずに済みましたが、湾岸戦争で戦費負担をさせられてからは、戦闘機やミサイルを言い値で買うようになり、また集団的自衛権行使に踏み切ることで戦争しやすい国になりました。アメリカの世界監視システムの共犯者となり、嬉々として自分たちの機密情報までアメリカの諜報機関に流しています。

――現実はなぜこうも耳に痛いのでしょう。

――耳が痛くなる話ばかりで申し訳ございません。

経済が成長し、生活水準の向上が実感できた頃はまだ、人々は文句ひとついわず、勤勉に働いてきました。給料がいくらか上がり、子どもが無事に社会に巣立ってくれたら、それだけで幸福を嚙みしめることもできたでしょう。けれども、今は出口の見えない暗闇の中をもう何年も彷徨い続け、未来の展望は一切開けてきません。ただ疲弊し、磨耗してゆくだけ。アメリカに隷属することはそんなに心地いいものなのでしょうか？　国をアメリカに売り渡すことがそんなに名誉なことですか？　率先して国を売る人々が得た地位や成功は、しょせん裏切りと不正の見返りに過ぎません。そんな見せかけの栄華が長続きすると思っているのでしょうか？

――絶望的な現実を突きつけられたついでに、駄目元の質問をします。もし、日本がアメリカとの同盟関係を一方的に解消したら、アメリカはどういう行動に出るでしょう？

――以前、ＣＩＡの副長官から聞いた話をそのままお伝えしてもよろしいでしょうか？　日本がアメリカに同盟破棄を宣言した場合は、その報復として、ＣＩＡはあらかじめ用意していたマルウェアを起動させ、日本国内のあらゆるインフラを停止させるという脅しを歴代政権にかけているそうです。電力の供給がストップすれば、通信交通網は機能しなくなり、水道やガスも使えなくなり、株価や為替は大暴落し、銀行に預けた国民の資産も凍結されることになるでしょう。日本は完全に麻痺してしまいます。それが国際連合に加盟していながら、いまだに敵国条項から外してもらえない日本の悲しい立場なのです。

私は深いため息をつきながらも、「聞かなければよかった」とは思いませんでした。自衛隊のみならず、ライフラインも国家予算も市民の預貯金もアメリカに献上してしまっているという現実をたとえ知っていても、見て見ぬふりをすることしかできないのが日本の政治家であり、また国民なのです。逆にこの現実を直視すれば、誰もが戦意喪失し、「二度と戦争をしない」という誓いを新たにするしかありません。世界が日本を本当に信用してくれるまで、善行を積み上げるよりほかに道はないのです。

——一つお願いがございます。

柳川は母親に叱られた少年のような困惑の色を浮かべ、おずおずといいました。

——ここまで話してくれたのだから、遠慮なくどうぞ。

——どうか、この話は皇后陛下の御心の内に深くお納めください。誠に遺憾ながら、何人の手によってもこの現状を変えることはできませぬゆえ。

柳川のコトバを聞き、私はしばらく窓の外を見ながら、黙っていました。柳川もジャスミンも私の視線の先に目をやり、庭から聞こえてくる野鳥のさえずりを聞いていました。私がジャスミンの方を向くと、彼女は屈託のない笑顔を見せ、ポツリとこう呟きました。

——Only Nobody can change.
それは「誰にも変えることはできない」という意味ではなく、「変えられるのは無名の人だけ」という意味だとすぐにわかりました。エミリー・ディキンソンの「I'm Nobody! Who Are You?」という詩を思い出しました。

私はノーバディ、あなたは誰？
あなたもノーバディ
それなら似た者同士ね
このことは秘密よ、バレるとまずいから

立派な人なんかになりたくないわ
蛙みたいに目立つだけだから
六月のあいだ、ずっと名前を連呼して
泥沼にもてはやされるなんてお断り

去り際の柳川にはこう忠告しておきました。
——互いに名無しのノーバディでいた方がいいでしょう。いざという時のために。あなたの仕事はまだ終わりではありません。まだ始まったばかりです。そろそろ泥沼とお別れして、彼らに加担した償いをしてください。あなたのお子さんやお孫さんのためにも。

——謹んで戒めのおことばを拝受いたしますが、悲しい現実をお伝えする以外に私にできることがありますでしょうか？

最終的には誰もがそのような諦めの境地に辿り着くのでしょうか？　どの時点で諦めるかの問題に過ぎず、諦めの早い人は要領よく出世をし、諦めを知らない者は往生際の悪い者、頑固者と嫌われる。だから、いつまで経っても過去の呪縛から自由になれないのです。敗戦は一回限りの出来事では済まず、その後もずっと負け続けなければならなかったのです。

私たちが最初に克服しなければならない敵は自身の中に深く根を張った奴隷根性なのです。

——あなたはアメリカの思惑を誰よりもよくご存知なのだから、日本が戦争に駆り出されないように細心の注意を払って、アメリカを牽制しつつ、決して、中国やロシア、韓国、北朝鮮、中東諸国と敵対関係にならないようにするしかないのです。いざという時になっても、アメリカは日本を守ってくれないのだから、そうするしかないでしょう。あなたのように優秀な方が奴隷状態に置かれているのは忍びないです。

柳川は無言で頭を垂れていましたが、こみ上げてくるものがあったのか、最後はすすり泣いていました。

自暴自棄

私をさらに不眠に誘い、気分を落ち込ませる事件が相次いで起きました。新聞やネットの記事を読むごとに、少しずつ自分の心が蝕まれてゆく不安におののいています。

三ヶ月前には両手に柳刃包丁を握った男がスクールバスを待つ児童の列に襲いかかり、無差別に殺傷するという事件があったばかりですが、その次の週には同じマンションに暮らす一家四人を惨殺するという事件があり、一月前には介護老人ホームで四十五歳の介護士が建物に放火し、二十人の寝たきり老人が焼死し、そして、幼稚園の園庭に高放射線量の汚染土がばら撒かれるという悪質な事件がつい二週間前に起きました。そして、ここ一年間に自殺した児童、生徒の数も四百を越え、ワースト記録を更新してしまいました。子どもたちが現在や未来に希望を抱けないのだとしたら、その責任はこの社会を作った全ての大人にあります。

ダークネットには以下のような書き込みがありました。

再び通り魔現る。切り裂きジャックから数えて、何人目になるのか？

陰惨な事件はいつどこで起きてもおかしくないと思うことに慣れてしまった。

明日は自分が犯人になるかもしれない。自分の心に時限爆弾を仕込んだようなもの。

通り魔予備軍、拡大自殺志願者は思いのほか多い。第三者を巻き添えにすれば、自殺も復讐になる。「一人で死ね」とついいいたくなるが、それでは予備軍の憎しみを増長させることにしかならない。

彼らは「一人で死ね」と自分を追い詰めた社会に対する復讐をしようとしているのだから、「わかりました。一人で死にます」と大人しく従うはずもない。彼らは目的も大義もない潜在的テロリストだが、本人にはその自覚すらないだろう。

突発的な攻撃性を発揮するのは二十代か三十代の若年層であることが多かったが、近頃は五十代、六十代の初期高齢者も負のエネルギーを蓄積していて、自暴自棄に走りやすい。「四十にして惑わず」は遠い昔の話になってしまった。

マフィア政府に日本の未来を委ね、彼らの暴走を容認すること自体が緩やかな集団自殺だ。拡大自殺志願者が政治家になり、しかも多数派になったら、その時は政府が国家規模のテロを合法的に行うことになる。

事件が起きるたびにダークネットには絶望的な書き込みが増殖します。絶望との戯れ方をよく心得ているのでしょうが、いくら詩的な絶望を共有したところで、私たちの心が晴れることはないでしょう。

自己保存本能よりも自己破壊衝動が勝る人が増えている気がしてなりません。幸福を享受するより、被害者でいることを選んでしまう。誰かに愛されることより、誰かを憎むことを選んでしまう。その結果、人間関係に耐えられなくなります。愛されたり、感謝されたりしていると感じた途端、それが心の負担になり、意図的に冷淡になり、相手と距離を置こうとするのです。誰もが自分が置かれた環境や人間関係に囚われており、なかなかその枷から抜け出せないものです。心の鏡は歪んでいて、ありのままの自分を映し出してくれません。歪んだ自己像に閉じ込められ、自分を正しく認識できず、「どうせ私なんか」と自分を見限りたくなるのです。私たちは多かれ少なかれ、自分自身の被害者です。

もう少し優しく、大事にしてもらいたかった。もう少し、自分の能力や才能を認めて欲しかった。突き放すだけでなく、抱きしめて欲しかった。でも、世界は私に対して思いやりがなかった。

誰の中にも拗ねた子どもが一人います。本心とは裏腹に冷淡な世界と一緒になって、自分を責め、貶めるうちに、やがてそれが癖になり、心の闇は一層深くなる。自尊心をいかに回復するか、それが問題です。

自暴自棄になっている自分は醜い。できれば見たくないが、ため息を一つついた後、やや醒めた目で惨めな自分を見つめる余裕を持ちたいものです。その時、他人事のように自分の恨みを聞いてやるのです。自分が抱え込んだ恨みつらみを箇条書きにしてみるのです。そうやって自分の心の闇に蠟燭を灯してやれば、自暴自棄になること自体に飽きるはずです。一生を復讐のために費やすのはもったいない。復讐は結局は未遂に終わるか、自らの死によって終止符を打つことになり、自己満足さえも得られないでしょう。

なぜ日本人はこうまで心を病んでしまったのでしょう。これまで生きてきた時間の方が長い人々はただ嘆くばかりで、これから生きていく時間の方が長い若者たちは自分には関係ないと思うばかり。無責任の連鎖はエンドレスで続く気配です。

間諜疑惑

いつものようにお昼前に目覚めると、しばしぼーっとする時間を挟んで、ドアをノックする音がし、ジャスミンが朝食を運んできます。ところが、今朝は別の侍女がやってきたので、「ジャスミンはどうしたの？」と訊ねると、朝食の準備の手伝いをしているところに突然、ミセス・ネバーこと女官の三浦が現れ、「ちょっと」と彼女を執務室に連れて行ったという報告を受けました。何か不吉な予感がし、朝食に手をつける前に、部屋着のまま急ぎ三浦の執務室に行ってみると、そこには見たことのないスーツ姿の男がいて、女官と二人でジャスミンを詰問している最中でした。傍にはパソコンが開かれていて、ジャスミンはパスワードを入れるように求められているところでした。

――朝から一体、何事ですか？　私に何の断りもなく、ジャスミンを連れ出して。

――おはようございます、不二子様。まだお休みかと思いましたし、不二子様をお煩わせするまでもない問題かと思いまして。

――こちらの方はどなた？

男は私が現れても、狼狽したりせず、深く頭を下げ、「内閣情報調査室の黒瀬でございます」と自己紹介しました。その名前と肩書きには聞き覚えがありました。メディアや政治の表舞台には決して登場しませんが、首相の懐刀として、秘密保護と情報収集に努めている人物です。警視庁の元警視正で、首相を陰で操る男ともいわれていて、私たちが最も警戒しなければならない相手でした。

――ここは諜報や防諜に携わっている方が来るところではありません。

――突然、お邪魔いたしまして、申し訳ありません。不二子様の身の回りのお世話をしている侍女に二、三聞きたいことがございまして。

――何を聞きたかったのですか？

——御所の通信環境についてです。

——私だって、ＳＮＳくらいは使いますよ。アメリカ大統領ほどではありませんが。ジャスミンはその指南をしてくれているだけです。

——それが不二子様、黒瀬さんがおっしゃるには、ジャスミンは政府機関にハッキングをしている疑いがあるとのことで、そのような人物が御所で働いているのは由々しき事態でございます。

私は涼しい顔をして、「それは何かの間違いでしょう」といいました。

——彼女にはハッカーとしての前科があるようです。

黒瀬の断定にジャスミンは「前科はありません。私はホワイトハッカーですから」といいました。

——何か証拠はあるのですか？

——内閣情報調査室にウイルス付きのブラックメールが送られ、機密情報を盗み出そうとした形跡がありました。

——隠し事が多い部署でしょうから、ハッカーにはさぞかし人気でしょうね。

——恐縮です。セキュリティには万全を期しておりますので、被害はありませんが、このような悪質な悪戯を行う人間を特定しようと、ＩＰアドレスを辿ったところ、ダークネット経由であることがわかりました。

——ダークネットですか？　聞き慣れないコトバですが、それは何ですか？

――暗号化された通信システムで、大手サーバーを経由しないので、通信内容が政府にも把握できず、手を焼いております。

――政府は一般市民が交わした通信内容を把握できるのですか？　それはプライバシーの侵害では？

――国内外の政治や経済の安定、テロ対策を含む治安維持に必要な情報収集のためで、法律で認められております。

――ダークネットには政府の監視の目が届かないのですね。

――政府もダークネットを使い始めましたので、その通信内容を閲覧しております。

――それで、ダークネットとジャスミンはどう関係があるというのですか？

――ダークネットには「スノードロップ」というハンドルネームを用いた書き込みがありますが、皇后陛下になりすまして、政府に批判的な内容のメッセージを拡散し、時に政府の特定機密を暴露したりもしております。これは皇后陛下の名誉と、政府の威信に対する侵害であり、看過できません。

――ジャスミンがそんなことをするはずがありません。三浦、もしかして、あなたじゃないの。

――滅相もございません。私はコンピューターに弱いので。

私はジャスミンの顔を見据え、問い質しました。

――ジャスミン、正直にいいなさい。私に嘘をつくことは許しません。あなたは私になりすまして、世間を騒がすようなことをしているの？

――誓って、そのようなことはいたしておりません。

ジャスミンに私の目の前で誓約させることで、黒瀬の疑いの目を逸らそうとしました。ダークネットに接続する専用モデムは私の部屋のクローゼットに設置してあるので、ジャスミンの部屋を調べても無駄です。ただ、黒瀬がジャスミンのパソコンを覗いたら、ダークネットでの通信記録が見つかってしまう恐れがあったので、それだけは阻止しなければなりませんでした。

――私の侍女にスパイの容疑をかけるなんて、どうかしています。一体、どんなブラックメールが届いたんですか？

――申し訳ございません。それは皇后陛下にもお見せすることはできません。

――どうぞ、秘密になさい。用事が済んだら、お帰りください。この抜き打ちの調査は首相も承知しているのですか？

――調査の結果は必ず報告することになっております。

――質問の答えになっていません。この調査は首相の命令なのかと聞いているのです。

黒瀬は冷静を装っていましたが、両手の指を絡ませながら、「調査室は独自の権限を与えられておりまちて、国家機密保護のためにはこのような任務を随時遂行いたすこともございまちゅ」と語尾に動揺が見て取れました。

黒瀬を追い返し、ジャスミンを一旦下がらせた後、私は三浦に厳しい口調で告げました。

——あなたの仕事はああいう無礼な者を御所に入れないことです。

——申し訳ございません。総理が憂慮しているとおっしゃいましたので、追い返すことはできませんでした。ジャスミンの通信履歴を見せれば、疑いも晴れるかと思った次第でございます。

——ジャスミンは私の身の回りの世話をしているのです。その彼女を取り調べるということは、私のプライバシーを詮索するのも同然です。

——憚りながら申し上げます。内閣情報調査室の疑惑がかかっている侍女をこのまま御所に置いておくのはいかがなものでございましょうか。痛くない腹を探られることになり、今回以上の不愉快を招くことになりかねません。

——あなたは政府に雇われていますが、ジャスミンは私に雇われているのです。あなたが口出しすることはできません。

——はい、おっしゃる通りでございます。

——この際、確かめておきたいことがあります。ダイニング・ルームに盗聴器が仕掛けられていましたが、心当たりはありませんか?

——盗聴器、それは初耳です。一体、誰が、何のために?

——それを私が聞いているのです。

三浦の鼻の頭を凝視していると、たちまち汗がにじみ出てきました。

——誰かが仕掛けない限り、盗聴器が見つかることはありません。

——もしやジャスミンではありませんか？

——見つけたのはジャスミンですが、仕掛けたのもジャスミンだというのですか？

——いいえ、つい憶測を口走ってしまいました。

——間諜を御所に招き入れないようにするのは誰の仕事ですか？

——はい、女官の仕事でございます。

——あなたはさっきの黒瀬とかいう男に便宜を図っているのですか？

——いいえ。そのようなことはございません。

——誰にでも秘密はあります。あなたにもあるでしょう。それを勘繰られたくなかったら、自分の職務をわきまえなさい。

三浦は平身低頭して、下がりました。私はジャスミンを自分の部屋に呼び、彼らが何を嗅ぎつけたのか、問い質しました。

——さっきは守ってくださり、ありがとうございました。メール・ホルダーに証拠になるようなものは残していませんが、もし、暗号コードを知られたら、危ないところでした。政府機関もダークネットをチェックしているだろうとは思ったんですが、スノードロップ名義の書き込みに注目し、それが皇后のなりすましで、しかも御所の内部事情をよく知っている人間の仕業と読まれたようです。

——まさかスノードロップが皇后本人だとは思わなかったようね。

——はい。でも、内調をちょっと甘く見ていました。疑惑の目が私に向くのは想定外でした。

——三浦が私とあなたの距離が近いのを訝って、黒瀬に漏らしたのでしょう。あの二人はどうやら通じ合っているようです。

——えっ、男女の関係ということですか？

——女官は出会いのチャンスがないから、相手が誰でもすぐに好きになるのよ。よりによって、内調の人間を好きになるなんて、自分から進んで都合のいい女になりたいとしか思えないわ。

ジャスミンのブラックメールは確実に内閣情報調査室を慌てさせていることはわかりました。伊能議員の暗殺とマフィア政権の数々の陰謀は箝口令と共犯関係によって隠蔽し、それを暴こうとする者だけを国家機密法で処罰するつもりです。陰謀の一端はすでにダークネット上で暴露されており、正義の市民たちのあいだで怒りは拡散されていますが、警察、司法、マスメディアは静観を決め込むでしょう。すでに買収された彼らは律儀にマフィア政権に奉仕するだけです。私たちはさらなる孤立状態に追い込まれるでしょう。この戦いには軌道修正が必要になりました。

——アカウントを閉鎖した方がいいでしょうか？　最近はスノードロップ様を標的にした攻撃も増えているようです。ネトウヨが掲示板荒らしに送り込まれているようです。

——スノードロップの正体を探っているということは、じきにダークネットは政府によって規制されることになるでしょう。私の声を直接、市民に伝える手段を奪われたら、再び私は沈黙を強いられることになるのね。

——不二子様、私は何処かに雲隠れした方がよいのではないでしょうか？

——なぜ？

——私がスノードロップだということにしておけば、不二子様のお立場を危うくせずに済みます。

——あなたはスパイの濡れ衣を着せられてしまうんですよ。

——それを避けるには国外逃亡しかないのかな、と思いまして。

——何処へ逃げるというんです？

——ブエノスアイレスやパレルモのダウンタウンとか、瀋陽やノボシビルスクの郊外とか、チェンマイの北部の村とか、ニューメキシコ州のロスアラモスとか、追っ手が来なさそうなところへ。

——みんな、あなたが行ってみたいところでしょ。安心なさい。あなたを生贄に差し出すようなことはしないから。前にいったわね。もう後戻りはできない、と。

——はい。復讐は一度始めたら、途中でやめることはできないとおっしゃいました。

——そうよ。反乱も革命も完遂しなければ、死ぬしかありません。

——不二子様、一人、味方になってくれそうな人物がいるのですが、コンタクトを取った方がいいでしょうか？

——誰なの？　伊能さんの友人のロビイストは頼りにならなかった。

——相手は中国人のハッカーなんです。

それを聞いて、私は絶句しました。いくら窮余の策を練る必要に迫られているからといって、政府の陰謀を暴く仕事を中国人のハッカーに依頼するほど危険な賭けはありません。政府のシステムにハッキングを仕掛けたり、国家機密を盗み出したりすれば、そのハッカーはスパイとして摘発されることはいうまでもありませんが、その彼に仕事を依頼したのが私たちであることがバレれば、最悪の場合、外患誘致罪に問われることになります。また、ハッカーが盗み出した機密を中国に売りつけないという保証もありません。

――やっぱり駄目ですよね。彼が盗んだ日本の国家機密を中国に売らないという保証もありませんしね。でも、その人は私よりもはるかに優れたハッカーなので、全てを秘密裏に行い、絶対捕まることはないと思います。

――そもそもあなたはどうやってそのハッカーと知り合ったの？　本来、ハッカーというのは決して表には出てこないゴーストなのでは？

――その人は私の留学先の大学の先輩で、ハッキングの師匠なんです。

――中国人ハッカーと接触してはいけません。リスクが高すぎます。

私たちの使命を見失うことがあってはなりません。日本を私物化し、国民を奴隷状態に置き、アメリカに国を売る政権中枢の人々の陰謀を暴き、その影響力を少しでも弱めたいとは思うものの、彼らに対する憎しみに我を失い、ダークサイドの人の手を借りて、無傷で済む保証はありません。アメリカに国を売る相手に対抗して、中国やロシアに国を売るような真似をすれば、同じ穴の貉になってしまいます。

再び沈黙を強いられるくらいなら、いっそ「スノードロップは私です」と名乗り出て、公然と政府を批判したほうがいいかもしれません。私への風当たりは強くなるでしょうが、史上最悪の政権をこれ以上黙認するよりは百倍マシです。論争が起きるのは望むところです。

舞子の予言

珍しく家族三人揃って、新国立劇場にプッチーニのオペラ『トゥーランドット』の観劇に出かけました。いつも夫が座る二階一列目の23、24、25に着席すると、客席から拍手が起きたので、私たちは手を振って応えました。コンサート会場でこのように聴衆の歓迎を受けるのは何年ぶりでしょう。

私たちのすぐ後ろの席には芸術監督の大川さんが控え、時々、見どころ聞きどころを解説してくれます。帝都北京の王女トゥーランドットは王家の血を引く者と結婚することが法で定められていますが、その条件として三つの謎解きに挑戦しなければなりません。もしそれに成功すれば、結婚式、失敗すれば、死刑執行となります。中国に滅ぼされたペルシャの王ティムールの息子カラフがこの謎解きに挑戦し、見事に勝利しますが、トゥーランドットは結婚を拒みます。カラフは代わりに「夜明けまでに自分の名前を当てたら、自分が死ぬ」という条件を出します。

物語は謎解きと結婚を軸に進行しますが、帝国の民衆たちの声が随所で聞こえ、冷淡な王女の理不尽な振る舞いと民衆の歓呼や不満、滅ぼされた国の奴隷の嘆きが交錯します。

二回の幕間では貴賓室でコーヒーをいただきながら、大川監督の友人で小説家の島津さんという方と少しお話ししました。『人類最年長』という、近代日本の百六十年間を生き抜いた死ねない男の評伝の著者ですが、偶然、夫も私も大川さん推薦のその本を読んでいました。「日露戦争によって、日本はその後の未来を買収されてしまった」という歴史認識は、「ジャパン・ハンドラー」の柳川の主張と同じでしたが、ダーウィンの主張をかなり大雑把に要約したアメリカ人レオン・メギンソンのコトバとして、彼が呟いた一言に深く頷きました。

生き残ることができるのは強い者でも賢い者でもない。変化に対応できる者だ。

保守の象徴のように見られがちな皇族ですが、いつの時代にあっても、率先して変化に対応してきたのです。島津さんはそのことを念頭に置いていたのでしょう。彼は私にこうも囁きました。――人の寿命は決まっていますし、時は流れを止めません。世界は多くの人が思っているよりも早く変質しますので、自ずと人は変節の歴史を辿ります。首尾一貫だの初志貫徹だのと偉そうにいう人は単に頑固で、時代から取り残されるだけです。一人が権力を専横できる期間は専制君主であっても三十年、民主制にあっては十二年が最長です。アメリカ大統領は八年で自動的に退場となります。驕れる者は久しからずといいますが、生きて行くのは楽だと思った瞬間から没落が始まるのです。時間が全てを解決してくれるとは申しません。やがて巡ってくる新しい世界を見るためにも、しなやかに変化にご対応ください、スノードロップ様。

最後は私にだけ聞こえる声で呼びかけた島津さんに私は「今後もよろしく」と微笑みました。コトバを交わした時間はわずかでしたが、ダークネットを通じて、私と意思を共有してくれる人の存在を確認できたのはよかったです。席に戻る時、ジャスミンはこっそり私に耳打ちしました。

――ブラックメールの添削をしてくれたのが島津さんです。


コンサートがはねた後は赤坂のイタリアン・レストランの個室で食事をしながら、家族会議を持ちました。いざという時の心構えについて、諸々、確認しておきたいこともありましたし、何よりも舞子が自分の将来をどう思い描いているのか、その本音を聞き出したかったのです。

――近頃、ジャスミンと仲良くしているようだね。あの子は少し変わった子だが、話が合うのかな？

夫の問いかけに舞子は「前からシスターフッドに憧れていたから、ジャスミンが来てくれてよかった」といいました。

――舞子が長女で、ジャスミンが侍女か。

夫はそんな駄洒落を呟き、私たちの失笑を買っていました。

――そういえば、李錦記主席の息子さんとはその後、どうなの？

——ダークネットでチャットしてる。

——東京にくるといっていたようだけど、会ったの？

——大学の同級生との女子会に招待したんだけど、人気者だった。二次会にもついてきて、銀座の会員制のバーでみんなにパンフレットを配ってた。

——何のパンフレット？

——大連に明治以前の京都を再現しようとしてるんだって。

——テーマパークを作ってるの？

——テーマパークじゃなくて、原野に本当の街を建設してるんだって。

原野に街を作ったら、ラスベガスに似るといいますが、なぜ大連に京都を模した街を作るのでしょう？　舞子も同じ問いかけをしたところ、彼は「京都が大連にあってもいいじゃないですか」と答えたそうです。確かに横浜やニューヨークやサンフランシスコにはチャイナタウンがありますし、アメリカのテキサス州にはパリ、カリフォルニア州にはヴェニス、メリーランド州にはベルリンもあります。

——何を企んでいるのかしらね。

——ＶＩＰ用のゲストハウスも作ったので、東京の居心地が悪くなったら、静養に来てくださいといわれた。

日本の象徴のスポンサーを買って出ているのかもしれませんが、その意図をもっと深読みすれば、那須や葉山にあるような御用邸を大連に用意したので、いつでも亡命してくださいという意味とも取れます。そこに皇族がいれば、複製された京都は本物の京都よりも京都らしくなるという含みもあるのでしょう。最後のドイツ皇帝ヴィルヘルム二世が退位後、オランダに亡命し、ドールン城で晩年の二十三年間を過ごした史実を思い出しましたが、そんな日が来ないことを祈るばかりです。

——ちょっと聞きにくいことを聞くけれども、舞子は婚活などする気はないのかな。

夫がさりげなく話題を振ると、舞子はクスッと笑い、こういいました。

——それよりパパ、ママは私にどうして欲しいと思ってるの？　私が結婚したら、また一人皇族が減るけど、それでもいいの？

そういわれると、私も「自分が幸せになることを最優先して」とお茶を濁すしかありません。皇族は今や絶滅危惧種も同然で、もし、舞子が結婚すれば、皇籍離脱することになります。そう遠くない将来、私たちと弟宮夫妻にお迎えがくれば、皇嗣はあの子一人になってしまいます。そして、誰もいなくなってしまうこと、まさにそれが問題の核心なので、私たちはその話題を避けてきたのです。マフィア政権もその支持母体の宗教団体も男性天皇しか認めない頑なな主張を曲げず、現行の皇室典範を一切変える気もありません。女帝容認論者と論争になれば、自分たちが不利になるとわかっているので、議論そのものを封印しようとしています。

舞子はそうした事情もよく把握しているようでした。

――結婚にも様々な選択肢があると思うし、結婚以外の選択も色々考えられる。

――例えば、どんな相手との結婚があり得ると思う？

――もし、外国の王室や財閥の御曹司と結婚すれば、天皇家は外国に親戚を持つことができるでしょうね。

――もしかして李錦記主席の息子さんのことを念頭に置いているの？

――仮に向こうにその気があっても、私は気が進まない。

――もしも、ロックフェラー家とかロスチャイルド家の誰かとの縁談が持ちかけられたら？

――それはないでしょう。もし、あったとしても、お断りするのが筋でしょう。皇室までもがアメリカやユダヤ系の財閥の傀儡になってどうするの。

――女帝として即位したいとは思わないの？

――皇位継承を巡って、叔父様のファミリーと対立するのは避けたい。だって、南北朝の争いみたいになっちゃうでしょ。女帝を諦める代わりに、結婚後も皇室に残るという条件交渉をしたら、保守のおじさまたちは折れるかしら。

――自分たちに都合よくできている世界を変える気がない人々だから、どうでしょうね。

――だったら、タイのシリントン王女みたいに独身を通して、新しい宮家を創設してもらおうか。そうすれば、万が一、清仁ちゃんが病気になったり、お世継ぎができなかったり、生き急いだりしても、私が皇室に残っていれば、私が皇位につくこともできる。私が結婚してもしなくても、いざという時の保険として、私を残しておいた方が何かと便利だと思う。私の後に誰が皇位につくかを考えた場合は、やっぱり結婚はした方がいいでしょうね。ちょっと考えれば、誰にもわかることだけど、どうして変えようとしないのかしら。このままでは近い将来、皇統が途絶えてしまうのだから、いっそ前倒しで天皇制を廃止して、共和国への道を模索するとか。

舞子は時々、そのような「身も蓋もない」ことをいいます。夫は珍しく慌てふためき、声が裏返っていました。

——天皇制廃止とか共和国というコトバを安易に口にしてはいけない。象徴を失った日本はきっと迷走するぞ。立憲君主国というのは憲法の理想と君主の良心が安全弁として機能する国家という意味なんだ。共和制といえば、聞こえはいいが、その名目のもとで独裁制を敷いている国も少なからずある。大統領制を敷いたところで、今以上にマフィア化が進まないとも限らない。

——もし、国民が共和制を望むのなら、私たちは黙って従うしかないでしょう。たとえ、明日、皇居を追われ、自活していかなければならなくなったとしても、実力で生きていけるようにしたい。税金で優雅な暮らしを保障されていると思われるのは嫌。

舞子がその覚悟を持っていること自体は頼もしいけれども、実際問題、当面の生活と私たちが受け継いできた歴史と伝統を守るために必要な資金を確保しなければなりません。それを税金に求められなくなれば、誰かに援助してもらうか、自分の手で稼ぎ出さなければなりません。結婚して、皇籍離脱となれば、舞子は自ずと自活の道を夫とともに切り開くことになるのですから、私たちよりよほど具体的な将来設計をしなくてはなりません。

――私たちだけでなく、誰にとっても生き辛い世の中になっているけど、よりよい暮らしを求めて、別の国に移住することも考えたい。タイ王室の王女は実際に海外移住もしている。パパやママにはそれが許されなかったけど、留学はできたでしょ。私にはまだ何処にでも行く自由がある。この先、日本や世界がどうなっていくのかさっぱりわからないけど、どんな変化にも対応できるようになっていたい。

――具体的に何処へ行きたいと思っているの？

――留学もし直したいし、スケジュールが決まっていない長い旅に出てみたい。今行ってみたいのは、ブエノスアイレスやパレルモ、大連も行きたいけど、シベリアを見てみたい。タイ北部の村とか、アメリカの内陸部、アリゾナとかニューメキシコにも行ってみたい。

舞子希望の旅先はジャスミンが逃亡先の候補として挙げた場所と重なっていました。私が夜長に乗じて、いつも一人でしている机上世界一周を、舞子はジャスミンと二人で楽しんでいたようです。ここではない何処かに想いを馳せ、逃避行に身を委ねる自分を想像するところは私に似たのでしょう。

旅を家出、脱走、逃亡、失踪、放浪といい換えるだけで心が浮き立ちます。出発の予定がないのに、スーツケースに必要なものを収めてみたりします。足手纏いにならないように荷物は最小限にしなければならないけれど、何を持って行こうか、何を着て行こうか、どの靴を履こうか、移動中に読む本はどれにしようか、サングラスやナイフは必要か、あれこれ考え、迷うこと自体が楽しいのです。後悔と諦めだけは置いてゆきます。追っ手から逃れるためには足を鍛えておかなければなりません。一緒に行く相手がいれば、楽しみは三倍になります。

——私が不二子と結婚した頃、世の中がこうなるとは全く想像もできなかった。通信速度も消費電力も、コンピューターの性能も著しく向上した。陸上や水泳の記録も塗り替えられ、体操の技の難易度も上がり、サッカーのプレイ・スタイルも進化した。にもかかわらず、人々は思考を節約し、短絡に走り、政治もモラルも劣化する一方だ。いくら嘆いても状況は変わらないが、舞子には今よりもう少しましな世の中に暮らしてもらいたい。私の望みはただそれだけだ。

——パパ、ありがとう。小学生の時、尊敬する人のアンケートでは父って書いたけど、今もそう思ってる。

舞子はそういって夫を黙らせ、すかさず「じゃあ、可愛い子に旅をさせてくれる？」と続けました。

——ジャスミンと一緒に旅に出るつもりなのね。

——内閣情報調査室がジャスミンに目をつけているんでしょ。彼女を逃がさないといけない。私のお供で外国に出るなら、問題はないでしょ。

その奇手は思いつきませんでしたが、確かに、舞子の外遊のお供にジャスミンを指名することに政府の人間は口出しができません。侍女は公務員ではなく、私と個人的に契約しているのですから。

——見聞を広め、皇室の行く末を自分で見極めるのはいいことだ。舞子がどんな伴侶を選ぶのか、期待半分、不安半分で待っている。

——今より自由を制限される可能性の方が高いから、外に出られるうちに出ておかないと。

——そうよ。私と同じ目に遭わないためにもそうなさい。舞子の外遊中に私たちの手で何らかの改革をしておくから。

——お願いします。

——旅程は自分で作りなさい。旅先ではなるべく在外公館や外交官の世話を受けないようになさい。自分の目で生涯の友になり得る人を見極めなさい。

——大丈夫。私はママより友達の数は多いと思う。ネトウヨ、LGBT、在日コリアン、ムスリム、中国人、ウチナンチュー、ジャパン・ハンドラー、ハッカー、AV女優、アニオタ、ヘビメタ、ラッパー、小説家。

——あなたもかなりのマイノリティだから、そういう友達がたくさんいた方がいいわね。

憲法をめぐる禅問答

国会で「天皇は靖国神社を参拝するべきだ」と発言した極右系議員に対し、リベラル系議員が

「それは違憲行為である」と批判した一件があり、与野党のあいだで激しい議論の応酬がありました。夫は憲法上の自分の立場に関わる問題なので、無視することもできず、「なぜ今頃、そんな時代錯誤の禅問答が蒸し返されるのだろう」と嘆いていました。その禅問答というのは、もう五十年以上も前に国会で、野党議員と内閣法制局のあいだで交わされた解釈議論のことを指しています。天皇の靖国神社参拝が公的なものか、私的なものかをめぐり、政治的論争が交わされました。

ちょうど昭和様がアメリカをご訪問になって、帰国した後のことですが、それまで靖国神社を参拝しておられた昭和様が参拝をお辞めになるきっかけとなった議論でした。

その当時の国会の議論の前提は、天皇の行為は国事行為、公的行為、私的行為の三つに分けられるということでした。国事行為とは首相の任命や条約の批准などに承認を与えることなど、憲法に規定されている一連の行為を指します。公的行為は象徴としての地位に基づくもので、各国を訪問し、また各国の要人をもてなす皇室外交を行うことや日本各地に行幸し、行事や式典に出席することなどがそれに当たります。そして、私的行為とは皇居や御用邸で植物の採取をしたり、各界の人々と懇談したり、演奏会に出かけたり、私人としての行動全般を指します。

国会で問題となったのは、天皇の靖国神社の参拝は公的行為か、私的行為かということでした。当時の議論の当事者はもう一人もいませんが、現在の内閣法制局の方は国会答弁の内容を踏襲しています。先日、法制局の長官が参内し、私たちに政府の立場を説明してゆきました。夫は長官と長時間に亘って、政府の立場を確認し、疑問をいくつも呈していました。私もそばでずっと聞いていました。

——御承知のように、憲法第20条第3項に「国及びその機関は、宗教教育その他いかなる宗教的活動もしてはならない。」という規定がございますが、陛下は皇居で神道の儀式をなさっておられます。これは皇室伝統の宗教行事でございますし、憲法に抵触しないというのが政府の考えでございます。

——憲法に抵触しないという根拠は何処にありますか?

——憲法が保証いたしております基本的人権に準じ、陛下も信教の自由を行使なさることができます。皇居の宗教行事はあくまでも私的行為と位置付けられるものでございます。

——しかし、私が即位の礼を行った時は公費を使ってしまいました。私的行為ならば、やはり私費で行うべきではなかったかと思います。

——国民の支持は得られておりますので、ご心配には及びません。

——もし、私が靖国神社に参拝したら、それも私的行為と見做されるのですか?

——五十年前の解釈ではそうなっております。

——昭和様は靖国神社をめぐる政争に巻き込まれたくなかったでしょうし、参拝すれば、戦争や戦争犯罪者を賛美していると受け取られ、外交的に大きな問題になるから、ご自分の判断で参拝を見合わせたはずです。

――宗教的活動とは何かについては諸説あり、解釈が分かれるところでございますが、実際に布教や勧誘の活動を行うことを意味し、神社や寺院、教会を訪れ、表敬をするだけであれば、宗教的活動にならないという立場でございます。

――神主にお祓いをしてもらったり、玉串を奉納したり、僧侶に読経をしてもらったり、護摩を焚いてもらったりするのは宗教的活動ということになりませんか？

――その儀式を行うことは宗教的活動になりますが、その儀式に出席するだけならば、表敬ということになり、私的行為となるかと思います。

私的であろうと、公的であろうと、夫も私も靖国神社に参拝することはないでしょうが、それは私的行為として認められるというのが政府の立場のようです。では、その私的行為はどこまで許されるのか、法制に最も詳しいと思われる長官に私から質問を投げかけました。

――前から確認しておきたかったのですが、私たちにはどの程度まで基本的人権が認められているのでしょう？

――憲法で基本的人権を保障しておりますのは、国民でございますが、基本的人権は極めて普遍的な権利でございますから、それを享受する国民の中に天皇皇后両陛下を始め、皇族の方々も含まれております。しかしながら、日本国の象徴であり、日本国民統合の象徴としての地位の天皇陛下とその配偶者であらせられる皇后陛下、内親王、他の宮家の方々も象徴たる天皇の親族としての地位ゆえ、享受されるべき基本的人権に制限がございます。また憲法第4条の国事に関する行為のみを行って国政に関する権能を有しないという規定による制約がございます。

――具体的にどのような権利と自由が認められているのか、また制限されているのか、教えてくれませんか？

――学問の自由、良心の自由といった内心的な自由は保障されているといって差し支えないと考えます。ところが、表現の自由、言論の自由、信教の自由ということになりますと、制約が出てまいります。陛下が趣味や芸術や技術のお話をされたり、スポーツ観戦や映画、コンサートにお出かけになること自体は問題にはなりませんが、こと政治的な対立や議論になっている問題で見解を明らかにされるようなことはお慎みいただかなければなりません。陛下を政治的に利用しようとする人が出てくるかもしれませんので。

――すでに私たちは政権に都合よく利用されている状態だと思いますけど。

――内閣の助言と承認に基づく国事行為をなさっているのでございます。

――私たちは政権与党のいうことしか聞いてはいけないということですか？

――いいえ、学問の自由、良心の自由によって、幅広く意見をお聞きになることはできます。ただ、陛下の行動が国政に影響を及ぼすことがあってはなりませんので、選挙で特定候補者の応援をしたり、政治的意見を公表したりすることはできません。

官僚答弁は常に逃げ道が周到に用意されており、逆説にも対応できる仕様になっています。私はかつての野党議員のように厳しく追及せずには気が済みませんでした。

――私たちは政治的発言を一切してはいけないのですか？　憲法にはそのような記述はないようですが。

――確かに明文化はされておりません。ご発言が政治的発言であるかいなかについての線引きは難しいですが、憲法9条の規定に従い、戦争に反対を表明されることは許されるかと思います。それは純粋に良心の自由、憲法の規定に従っているということになりますので。

――政権与党の悪政が目に余るので、良心の自由に基づき、彼らを批判することはできるのですね。

――それは国政に影響を及ぼすことになりますので、お慎みいただいた方がよろしいかと。

――発言が公にならなければ、国政に影響を及ぼすことにはなりませんね。

――確かにそうですが、親しい友人に漏らした一言が噂になり、拡散されたりしますと、それはもう公になったも同然でございます。

――長官はこういいたいのでしょう。天皇は御名御璽のためだけにいるロボットだから、自分の意思で動いてはいけない、と。

――滅相もございません。

――靖国神社への参拝を私的行為と見做す政府の立場との整合性を考えますと、特定の政治家の考えに与しない、彼らの意見に同意しないことも私的行為として許されると思いますけど。

――ご意見を公表されなければ、問題にはならないと考えます。

——意見を持つのは自由だが、それを表明することはできないということですか？

——おできになれますが、問題が生じる可能性がございます。

明瞭な答えを出さない態度に終始するのは、官僚の習性ですが、それに付き合うのも飽きました。私はため息を一つはさみ、きっぱりとこういいました。

——問題提起するのですから、問題が起きて当然です。むしろ、問題にされないことの方が問題です。

——もし、陛下のご発言が政治的な影響力を持ってしまうと、国政に関する権能を発揮することにつながりかねず、憲法4条に抵触してしまう可能性が出てまいります。それを回避するために慎重に事をお運びくださいますようお願い申し上げます。

私のため息は夫にも転移しました。忍耐と寛容の帝も自分なりの結論を出したい様子でした。

——私は政治的な権能を求めてはいません。国の対外的代表としての地位で充分です。正直、日本国の元首にはなりたくありません。また、政権を担う人々とは意見が異なるし、自分の意に反することをするのは嫌だから、拒否権だけは持っていたい。憲法でそれを行使することには制限がかけられているが、その権利を奪われているわけではない。

——もちろん、陛下からその権利を奪うようなことは許されません。しかしながら、その拒否権を行使されますと、国政は大きな混乱に見舞われることになり、陛下の御立場も危うくされることになりかねません。

――そろそろ、水掛け論も終わりにしたい。正直、人として自由意志を持ちながら、政府のロボットでいることしかできない立場にうんざりしています。あなた方が良い政治を行ってくれたら、私は喜んで政府の決定に従うが、これ以上、自分の信念に反することはできない。

――陛下、どうか今一度、お考え直しを。

――もう話は終わりました。下がりなさい。

法制局の長官は陛下を立腹させた責任を問われることを恐れてか、夫のかかとに嚙みつきそうな勢いで、土下座を始めました。これには夫も辟易し、呆れ顔でしたが、私が寄り添い、腕を組み、長官と目を合わせないようにして部屋から出てゆきました。このように毅然とした態度を取る夫の姿を見るのは、即位直前、新元号の承認を取り付けようと参内した、当時の首相を追い返した時以来です。

――あなた、ここで折れたら、また政府の思う壺ですよ。物分かりの悪い人たちのためにはっきりと宣言なさい。もういいなりにはならない、拒否権を行使する、と。

私はここぞとばかりに夫の苛立ち、怒りに薪をくべました。スノードロップ名義でダークネットに書き込んだ私の異議申立てを検閲しようとする人々が相手なのですから、いよいよ最後の手段を用いるしかありません。詔勅を出し、私たちが本気で怒っていることを世に知らしめ、令和の改新を宣言するのです。そうすれば、きっと世論も動くでしょう。中には「天皇はけしからん」という人もいるでしょうが、「それをいうあなたの方が百倍けしからん」という声が勝る方に賭けます。皇太子時代の夫も平成様も折々の発言で、時に物議を醸し、時に深い同情を誘い、時に政府を慌てさせてきました。今こそ天皇の存在感を社会にアピールすべき時です。

詔勅

夫は予定されていた公務以外の時間は書斎に籠り、詔勅の文章を練り、推敲を重ねました。私もお手伝いをするといいましたが、「私はその辺の首相と違って、スピーチライター任せにはしない」といい、全文を自身の左右一対の脳を使って、書かなければ気が済まないようでした。五日後、夫は思いの丈を綴った文書を私に見せてくれました。

先日、内閣法制局の人と天皇の諸権利について、長く話をしたが、それを受けて、私は今一度、憲法を熟読し、自らの境遇について深く考えてみた。かつて皇祖皇宗は誰でも一度はその機会を持ったであろうし、またそうすることで時代を象徴する自らの役割を自覚してこられたであろう。私にとっては父である先帝、祖父である昭和天皇、そして、高祖父の明治天皇の事績を振り返ってみた。

日清戦争が開戦されようという時、明治天皇は当時の首相伊藤博文に攻撃を中止するよう命じられた。結果的には伊藤内閣の対清開戦を渋々承認することになったが、伊勢神宮と先帝陵への開戦の奉告を誰に任せるかという段になっても、「今回の戦争は不本意である」と宣った。宮内大臣が「誤りたもうことなかれ」と諫めると、「汝の顔など見たくない」と激怒されたという。
それから三十四年後、若き昭和天皇は張作霖爆殺事件に大きな衝撃を受け、時の首相田中義一を叱責し、そのような「軍の下克上」を早く根絶すべきだといったが、裁き方が不徹底だったがゆえ、敗戦に至る禍根の発端となったことを後悔していた。それ以後の日本の軍部の権威拡大を苦々しく受け止めていたことは戦後、宮内庁長官を相手に語ったおことばの端々にも窺える。昭和様は概ね、以下のようなことを語っておられる。

軍部は私を担ぐけれど私の真意を少しも尊重しない。軍部のやることは誠に無茶で、その勢いは誰にも止められなかった。支那事変や南京虐殺について、誰もいわなかったので、注意もしなかったが、実にひどい。とりわけ東條は病んでいた。首相を変えることは大権でできるのに、なぜしなかったか、その責任は問われる。米英との戦争がどうして自分の志だといえようか？　いくら自分の志とは違っていたといっても、御名御璽を押したのだから、虚しい弁解に聞こえる。

太平洋戦争末期、徹底抗戦を主張する軍部に対して、昭和天皇は降伏の英断を下された。むろん、無条件降伏に難色を示し、戦争を長引かせた自らの責任は重く受け止めた上での苦渋の決断だっただろう。敗戦後、天皇退位論が持ち上がったが、昭和様は退位、譲位は個人としてはありがたいと考えていた。道義的責任を取ろうと思えば、退位した方が楽だが、留位する以上は国民的理解を得なければならないし、反省という字をどうしても入れねばならぬと思っていた。自分の戦争責任を明確にしなければ、軍、政府、国民、それぞれの立場に応じた責任を負うこともできないと考えていただろう。昭和様は反省のおことばを盛り込むことにこだわったが、天皇退位論を牽制するため、首相吉田茂は削除要請をした。最終的に宮内庁長官の「国政の責任者である首相の言葉は重んじられなければと思います」との進言に折れたが、その結果、戦争責任論は曖昧にぼかされる結果になってしまった。戦後八十年もの長きに亘り、沖縄、中国、韓国、北朝鮮、東南アジア諸国とのあいだで生じた歴史認識の軋轢の発端が、そこにあるといっても、過言ではないと私は思う。加えて、戦後の日本人は戦前の軍部と同様、組織の運営にせよ、不祥事の処理にせよ、何事につけ、事実の隠蔽改竄と責任逃れが目立つ。官庁、自治体、企業、学校に組織的な無責任体質がはびこっている。その元凶も戦争責任を曖昧にしたことに端を発するのではないか。

昭和天皇は「全体のためには一部の犠牲はやむを得ぬ」と考える一方で、「犠牲となる人には全体から補償しなければならない」ともいっている。また共産主義への脅威に対し、「米軍基地は必要」という立場を取りながら、米軍の沖縄占領、駐留に対しては、「同一人種民族が二国になる」と疑問を持っていた。さらに「再軍備する以上は憲法を改正すべき」との見解を持ち、「憲法の美しい文句に捕われて、何もせずに全体が駄目になれば一部も駄目になってしまう」と

「現実を忘れた理想論」を戒めた。憲法に関する意見だけを引けば、昭和天皇は「保守的現実主義者」だったと見えるが、憲法の理想を軽視していたわけではない。昭和天皇は皇軍の総帥、国家の主権者として君臨した前半生と平和を希求する国民統合の象徴としての後半生に引き裂かれていた。一人の人間の中に二人の意識がせめぎ合っていたといってもいい。互いに相反する人格の折り合いをつけるために、時に率直な思いを吐露し、時に「やむを得なかった」と語り、時に沈黙を守るしかなかったと察する。

確かに私たち日本人は理想と現実に引き裂かれている。アメリカの間接統治と日本の独立のジレンマ、日米安全保障条約と平和憲法のギャップ、軍備と戦争放棄の矛盾を誰もが背負っている。アメリカに依存しながら、隷属することの不満を抱いている。その矛盾は簡単に解消できるものではない。私は「現実を忘れた理想論」を唱える気はないが、「理想を忘れた現実論」などただの現状追認でしかないとも思う。

納得しないのに譲歩すれば、必ず後悔する。

これは昭和様から私が受け継いだ教訓である。戦争は国体を滅ぼしかねない最大の脅威であるという認識を明治、昭和の両君はお持ちだったし、それゆえに内閣に対する拒否権を行使しようとしたと私は解釈する。もちろん、明治、昭和両君が持っていた大権は私にはないが、私にも認められている人権の範囲内で、良心の自由に則り拒否権を発動することはできると信じる。

イギリスでは国王は拒否権を持っていたが、一七〇八年、アン女王が発動して以来、発動されていない。だから、議会が国王に死刑を宣告したら、自らその書類にサインしなければならない。その決定が国民の大半の要望ならば、私にもそれに従う覚悟はある。バジョットが『英国憲政論』で述べている通り、立憲君主とは独裁者ではないが、傀儡でもない。国王は諮問に対し意見を述べる権利、奨励する権利、警告する権利を持っている。つまり、国政に対して影響を及ぼすことは避けられない。私の立場もその原則に準ずるものと考える。

天皇は内閣の助言と承認に基づいて行われる国事行為を拒否したり、変えたりする権利はないという解釈がなされているが、国事行為に対して、疑問を呈したり、異議を申し立てることはできる。仮に私が拒否権を発動し、総理大臣や最高裁長官の任命や国務大臣の認証、憲法改正、法律、政令の公布を拒んだとしても、内閣は訴訟を起こしたり、同意を強制したりすることは法的に認められない。つまり、拒否権を発動したとしても、内閣はそれに対処する手段も法的規定もない。天皇は国事行為を拒むようなことはしないという暗黙の了解があるようだが、政府が国民の信頼を裏切るようなことばかりしている以上、暗黙の了解によって政府に加担するよりは自らの良識に従いたい。

日本国憲法第4条第1項には「天皇は、この憲法の定める国事に関する行為のみを行ひ、国政に関する権能を有しない。」とあるが、「天皇は政治的発言をしてはならない」という規定は何処にもない。おそらく、天皇の発言の影響力を恐れる施政者がそのようなタブーを捏造し、そう思い込ませたのだろう。私は憲法を擁護し、遵守する義務はあるが、その憲法に違反し、憲法を勝手に変えようとする内閣を認めず、文書の署名と交付を拒む権利は行使できるはずである。

なぜ私がそう考えるに至ったか。その理由はあなた方の公然たる違憲行為に我慢がならないからだ。身に覚えがない、寝耳に水だといい張るであろうあなた方に自覚を促すためにも、以下に根拠を示す。

憲法第15条には「すべて公務員は、全体の奉仕者であつて、一部の奉仕者ではない。」と書いてあるが、実際には自分の仲間内、関係者らに優先的に奉仕しているのだから、これにも反する。同じ15条には「公務員を選定し、及びこれを罷免することは、国民固有の権利である。」ともあり、私があなた方の罷免を要求するのはこの規定に基づいている。私たち皇族は国民ではないから、その権利はないとあなた方はいうだろうが、それならば、国民に私たちの意向を代行してもらうまでだ。第17条には「何人も、公務員の不法行為により、損害を受けたときは、法律の定めるところにより、国又は公共団体に、その賠償を求めることができる。」とあるので、国民の誰かが正規の手続きを踏んで、あなた方に公的な裁きを受けさせるよう希望する。また、第16条では「何人も、損害の救済、公務員の罷免、法律、命令又は規則の制定、廃止又は改正その他の事項に関し、平穏に請願する権利を有し、何人も、かかる請願をしたためにいかなる差別待遇も受けない。」とあるので、自分たちを裁こうとする者を排除すれば、その時点であなた方は憲法を犯していることになる。

第20条には「いかなる宗教団体も、国から特権を受け、又は政治上の権力を行使してはならない。」とあるが、あなた方政権与党の議員の大半が特定の宗教団体の会員であり、その信条や到達目標に忠実に政策を進めており、実質、政権と宗教団体は癒着関係にあるではないか。これも憲法に反する。同規定には「国及びその機関は、宗教教育その他いかなる宗教的活動もしてはならない。」ともあり、自動的にこれにも反している。

第21条には「集会、結社及び言論、出版その他一切の表現の自由は、これを保障する。検閲は、これをしてはならない。通信の秘密は、これを侵してはならない。」とあるが、あなた方は国民の電話やネットの通信を公然と盗聴し、また新聞やテレビの報道を検閲している。表現の自由やそして公文書管理がどれだけ徹底されているか、それこそが民主主義の根幹であり、また成熟度を図る目安となっていることは世界共通の認識である。公文書の恣意の作成や廃棄がどれほど施政者たちの不正とその隠蔽にくみしてきたか、大日本帝国時代から現在の政権まで、例を挙げたらきりがないだろう。公文書自体の定義、保管期間、方法、歴史文書と廃棄文書の判別、文書管理の責任の所在など、全てが曖昧であることが、行政上の問題を引き起こす元凶である。即刻、文書保存と改竄防止の法制を整えるべきである。

憲法第69条には、内閣不信任決議による衆議院解散を定めているが、内閣の助言と承認に基づき天皇が衆議院を解散すると定める憲法第7条を根拠にし、内閣は自由に衆議院を解散できることになっているが、与党の党利党略や閣僚の個人的な事情によってではなく、国民のために行われるべきである。ところが、歴代の首相はそのような大義がないまま、自分たちの都合によってのみ解散を強行しており、正当な理由についての説明も行って来なかった。これも違憲である。

さらにあなた方は第89条に反している疑いも濃厚だ。条文にはこうある。「公金その他の公の財産は、宗教上の組織若しくは団体の使用、便益若しくは維持のため、又は公の支配に属しない慈善、教育若しくは博愛の事業に対し、これを支出し、又はその利用に供してはならない。」。心当たりがないというなら、例示する。あなた方は自分が所属している宗教団体を維持するために様々な便宜を図っているという証拠があるし、特定の学園が用地を買収する際に不当な値引きをしている事実が明らかにされている。これらは公の財産を失わせる行為であり、明らかに憲法に反する。

第98条にはこうある。「この憲法は、国の最高法規であつて、その条規に反する法律、命令、詔勅及び国務に関するその他の行為の全部又は一部は、その効力を有しない。」。あなた方はこれに反する法律や命令を出している。その時点で、第99条の「この憲法を尊重し擁護する義務を負ふ。」との規定に反してもいる。私は厳格に憲法を遵守しているが、あなた方は公然と憲法を憎み、軽視していることは明らかである。憲法を踏みにじる者に憲法改正の発議をする権利はなく、速やかに政権から退場し、最高法規を犯した罪を裁かれるべきである。あなた方は司法を自らの支配下に置いているつもりでいるが、それも三権分立の原則に反する。仮に検察があなた方を訴追しなくても、最高裁判所があなた方の憲法違反を咎めなくても、私は自らの良心において、あなた方をこれ以上、黙認することはできない。また、あなた方は公然と虚言を弄し、事実確認によって、明らかに虚言と認定されているにも拘らず、それを訂正、撤回しようともせず、国民を騙し続けてきた。あなた方が依然として政府の要職にとどまることを認めれば、私もその虚言に与したことになる。自分たちがついた嘘を国家機密扱いし、それを国民の目から逸らすことにあなた方は熱心だが、私はそれに加担するつもりはない。あなた方はこれまでに国会や公共放送の場でついてきた嘘を認め、真実を詳らかにすべきである。政治家の口から真実が語られるようになった時、国民は政策を正しく理解し、政府を信頼することができ、そして現実を直視し、問題解決に努力することができるのである。真実を語るということは、あなた方にとって、自らの存在を否定するに等しいであろう。当然、これまでついてきた嘘の報いを受けることになるからである。しかし、嘘をつき通すことで罪を免れようとすることは二重に罪深い。

真実を語って、政権から去るか、嘘を貫いたまま、政権から去るか、どちらを選ぶかは、あなた方自身の裁量に委ねる。だが、このことは肝に銘じておくべきである。

真実を語らなければ、裁きを受けられない。嘘をつかないという前提があるからこそ、法は機能する。誰もが息をするように嘘をつき、平然としていられるなら、私たちは法が意味をなさない恐ろしい世界に暮らしているということになる。誰かが「嘘をつくな、真実を語れ」と号令をかけなければ、この国は滅びる。その号令を私がかけることには正直、ためらいがあったが、もう黙認することに耐えられなくなった。これを「天皇の声」、すなわち「天声」と思って、聞くがよい。

全文を読み終えた私は尊敬の眼差しとともに夫の手を握り、「Good job!」といいました。

——少し筆が走り過ぎているところもあると思うが、これが私の現在の偽らざる心境だ。

——よくぞ、ここまで踏み込んでくださいました。「嘘をつくな、真実を語れ」の号令には痺れました。まさに「天の声」にふさわしい「おことば」です。

——天皇は反乱を起こしても罪を問われないといったのは君だからね。

——ここまで私たちと政府の考えに距離が開いてしまったのだから、仕方ありません。

——さて、どうなるかな。国民は私たちの側についてくれるだろうか？　これをいったら、おしまいということにはならないだろうか？

——これをいわなければ、始まらないんですよ。これまで黙って耐えてきて、何かいいことがありましたか？　守備だけでは勝てません。攻めなければ。

自らの手で書いた声明の公表を躊躇っている夫のために、私はエミリー・ディキンソンの短い詩を引用しました。

A word is dead

When it is said,
Some say.
I say it just
Begins to live
That day.

発話された途端、コトバは死ぬ。
人はそういうけれど、私は思う。
いいえ、その瞬間からコトバは生きる。

――もっと早く知っておけばよかったと思うような詩だね。
――コトバを殺す人たちに対抗して、私たちはコトバを生かすのです。

離脱する氷山

海にせり出した南極の氷山に小さな亀裂が生じ、夏のあいだにゆっくりと氷が溶け、亀裂が少しずつ広がり、冬に傷が癒えるように再び凍りつくものの、また夏に傷口が広がり、何十年もかけて断層となり、修復不可能になり、遂には無音の海に低い軋み音を響かせながら、氷山は大陸から離脱し、海に漂い出す。

そんな夢から目覚めた午前十一時頃、私はしばらくベッドにとどまり、夢を反芻していましたが、あの氷山は私たちのことだったのかもしれないと思い至りました。氷山を見送った陸は日本の寓意でしょうか？　生まれてこの方、日本人として、長じては皇太子妃、皇后として、日本の自然と日本語に抱かれ、国民に寄り添って暮らしてきた私たちに、いよいよ日本から離脱する時が訪れたという予兆でしょうか？　あるいは逆にあの氷山は政権とニセ愛国者の方で、私は陸にとどまり、彼らを見送る側にいたのかもしれません。いずれにせよ、どちらかが離脱し、追放されることになるのでしょう。

今朝も私と夫に面会を求めて、官房長官や宮内庁長官らが御所に詰めかけています。夫が所感を表明したとたん、予想通り、政府はあの手この手で懐柔しようとしてきました。けれども、夫は「気分が優れない」と面会を拒んでいます。私たちは二人で夫の執務室に籠り、ドアに鍵をかけました。侍従長や女官は政府と私たちの板挟みになり、右往左往するばかりです。三分毎にドアがノックされ、向こうから侍従長の声が聞こえます。

——どうか、面会だけでも応じてください。総理もじきにお見えになります。

私は夫に耳打ちし、釘を刺します。

——誰とも会ってはいけません。会えば、相手に押し切られるだけですから。

夫の所感は首相と主要閣僚、事務次官などごく限られた人々に共有されただけで、政府はそれを極秘扱いにしたようです。夫はそれが広く国民の目に触れることを望んでいましたが、政府はこの問題を顕在化させることなく、関係者による密室協議にとどめ、曖昧に処理しようとしていました。天皇と政府のあいだに生じた齟齬が認知されることや、「政府は天皇陛下の御意志を尊重すべきだ」という声が高まることを恐れたのでしょう。詔勅のつもりで書いた文書は詔勅扱いされないかもしれません。最後のコトバは内閣の総辞職を促す厳しいものでしたから、相手も夫の翻意を促すことに必死です。

突然、ドアの向こうでは「天皇陛下万歳」を唱和する三人の声が聞こえてきました。首相、官房長官、宮内庁長官らの困惑顔が目に浮かぶようでした。今まで私たちを壁の染みのようにないがしろにしてきたくせに、万歳三唱の茶番で懐柔できると本気で思っているとしたら、問題解決能力はゼロに等しい。彼らが繰り出す苦肉の策などこの程度のものです。

——さて、この反乱は吉と出るか、凶と出るか？

——もちろん、吉と出ます。それ以外の目はありません。これがあなたと首相の戦いなら、決して負けることはありません。

——国民の信託を得られなかったら？　議員たちは曲がりなりにも国民の代表だよ。彼らの意向に背くことは国民を裏切ることだと見なされないだろうか？

——衆愚は無視していいんです。おのが良心に忠実な市民の支持があれば、充分です。

――天皇にあるまじき行為などといい募る連中の顔が思い浮かぶ。

――もう、「こうすれば、ああいわれる」と考えるのはやめにしませんか？　そんな配慮ばかり重ねて、やりたかったことを一切できないまま死んでしまう人が多過ぎます。

――それは誰のコトバだったかな？

――ジョン・レノンです。

――ジョン・レノンはやりたいことをやったのだろうが、最後はファンに殺されてしまったね。

――やりたいことができれば、いつ、どのように死んでも本望でしょ。あなたはロボットでもなく、操り人形でもなく、奴隷でもありません。立憲君主としての矜持を見せつけるべきです。

――天皇で悪かったな、とグレるべきところかな。君がそこまでいうなら、もう覚悟を決める。私の意見を公にしよう。

――テレビも新聞も、一般のネットワークも政府の検閲がかかっているので、最悪の場合、スルーされるかもしれません。ダークネットで公表しますが、いいですね。ダークネット自体が政府によってアクセス制限されるのは時間の問題でしょうが、その前に最後のメッセージを突きつけるのです。

――君はこの日のために密かに準備を進めてきたんだろう？　とんでもない侍女を御所に入れてしまったものだ。

――あの子のおかげで、あなたは政治の束縛から解放され、ご自身のお望み通りの天皇になれるのです。ジャスミンが舞子と旅立つ前の最後の仕事として、詔勅が最も効果的に拡散されるようにしてもらいましょう。

——わかった。どういう結果になるか、寝て待つことにしよう。

権利と自由は戦わずして勝ち取ることはできません。最初から戦いを放棄している市民に私はこっそり耳打ちしたい。憲法で保障されている権利と自由を簡単に手放してはいけません、と。人々の従順さと我慢強さはいささかもその身を助けることにはならず、ただやかましく、図々しく、わがままな人間をのさばらせる結果を招きます。今この国を牛耳っているのは、ホワイトハウスやＣＩＡや「日本の心を守る会」や官邸の後ろ盾を得ている以外に何も取り柄のない人々です。

夫は三日間、御座所に籠り、様子見をしていました。連日、御所のホールには首相の意を受けた閣僚、官僚が詰めかけていました。天皇との面会を果たし、説得に成功すれば、それは大きな手柄になるので、あの手この手で扉をこじ開けようとしましたが、私たちはドアに内鍵をかけ、応じませんでした。電話の電源も切り、メールも開きませんでした。夫は「天照大神の天岩戸隠れの再現だ」と冗談を呟く余裕がありました。

詔勅は夫の署名入りのデータでダークネットに公表され、多くの人がそれを閲覧し、一般のネットにも拡散されました。一部の新聞と、インターネット放送はすぐにその後追いをしましたが、政権寄りの新聞社と放送局はお約束通りスルーしました。ダークネットには様々な反応がありましたが、今やもっともリベラルなメディアと見なされているだけあって、夫に好意的な書き込みの方が優っていました。

孤独な天皇のたった一人の反乱。

天皇のストライキを支持します。

さすが立憲君主。「真実を語れ」と大号令。

大抵の政治家は口が裂けても真実をいわないだろうな。自分を処刑するようなものだから。

拒否権行使は天皇の究極奥義だ。

内閣総辞職、衆議院解散、総選挙、政権交代となればいいけど、有権者は鈍感だから、惰性で前政権を支持しちゃうんじゃないか。

有権者が変わらないから、天皇が動き出したんだろ。

天皇って政治活動していいんだっけ?

別に誰か特定の人を支持したり、応援したりしてるわけじゃないから、ぎりぎりセーフ。

「大化の改新」、「建武の新政」に続いて、「令和の改新」を実行する気や。かっこええやん。

やばい、天皇のこと好きになりそう。

不二子皇后に焚きつけられたな。

スノードロップ=不二子説の真偽はいかに?

政府か、天皇か、どっちについて行くかを選べといわれたら、天皇選ぶでしょ。だって、天皇に逆らったら、逆賊になっちゃうもん。

総理にケンカを売れるのは天皇くらい。

政府は憲法を改正し、天皇を国家元首にしたがっているが、天皇はそれも拒むだろう。

アメリカはどう出るか？　天皇はCIAに暗殺されるかも。

それヤバ過ぎでしょ。皇居を人の盾で囲み、天皇を守れ。

Hey, Emperor, What' up?　Keep calm. Be friendly with fuckin' Japan hundlers.

CIAの手先だらけのこの国で唯一、クーデターを起こせるのは天皇だけ。

失敗したら、亡命？　何処か行くアテがあるの？

確実に別世界へのドアを開けてしまったようですが、私はどこか他人事のように一連のコメントを読んでいました。実感が湧かないというのは正直なところです。そうとは知らぬままパラレルワールドに踏み込んだような気分です。以前、物理学の進講を受けた時、山下先生は「量子はいかなる可能世界も作り出すことができる」といわれ、目からうろこが落ちる思いがし、私はこれまでの現実逃避の態度を改め、現実にもう少し深くコミットしようとしてきました。その成果が思わぬ形で現れ、やや戸惑っています。

心の内なる砂漠

舞子とジャスミンは詔勅を公表する直前に最初の目的地の大連に向けて旅立ちました。李錦記主席の息子さんの招待に応じ、メイド・イン・チャイナの京都に数日間滞在することにしたようです。夫の拒否権発動で御所は混乱を極めると予想し、出立を早めさせました。旅の詳細は頻繁に伝えるように舞子にいっておきましたが、一日置きにごく簡単な報告が一般メールで届くだけです。二人で気ままに『ローマの休日』のアン王女のような冒険を楽しんでいるようです。皇太子妃になってからはほぼ幽閉状態で過ごすしかなかった私の二の舞だけは演じさせたくないので、青春期最後の世界旅行を満喫し、理想の移住先を見つけられたら、そこで暮らすのもいいでしょう。もちろん、この日本にも彼女が安心して帰ってこられる場所を死守するつもりです。

夫の詔勅を公開してから、四日後、遂にダークネットは政府からアクセス制限がかかってしまいました。この露骨な言論の自由の弾圧に対する抗議の声は twitter や facebook にも上がりましたが、すぐに削除されてしまいます。ここまでの情報統制は前代未聞です。まさか、天皇のおことばにまで検閲の手が伸びてくるとは、「不敬」というコトバは使いたくありませんが、無礼にも程があります。もう自分が何をしているかもわからないほどのパニック状態に陥っているとしか思えません。

ダークネットが凍結されたその日、私のスマートフォンに舞子からの着信がありました。けれども、電話に出たのは舞子ではなく、在サンフランシスコの日本領事を名乗る男でした。

――誠に失礼ながら、舞子様のお電話を拝借し、皇后陛下に連絡を取らせていただきました。緊急事態ゆえ、何卒ご容赦ください。

――舞子に何かあったんですか？

――いいえ、舞子様はすこぶる元気でいらっしゃいます。大連からサンフランシスコ行きの便に搭乗されたと大連の領事事務所から連絡を受け、サンフランシスコの領事館にご案内したところでございます。

――そちらに何か用があったのですか？

――実は総理から直々に外遊中の舞子様のアテンドをするようにとお達しがありました。

――そのようなことはお願いしておりません。

――実はこちらにアメリカ政府の高官がいらしており、緊急事態に対処するよう大統領から依頼を受けたとのことでございます。

——大統領に何を依頼されたというのですか？

——はい、総理から大統領に舞子様の警護をお願いしたようでございます。

——その必要はありません。舞子には侍女がついていますし、訪問先にはホストやホステスがいるはずですから。

——緊急事態につき、警護の必要が生じたものと思われます。

何やら不吉な気配を感じ、舞子と話したいといいますと、すぐに舞子が電話口に出ました。

「一体何があったの？」と訊ねると、「どうやら、人質に取られたみたい」といいました。首相はわざわざジョーカー大統領に電話をかけ、舞子の身柄を確保させ、夫と私の翻意を促そうとしているのだとすぐに察しました。何と姑息な手を使うのでしょう。

——脅迫されたりしていないでしょうね。

——大丈夫。それよりパパに譲歩するように説得して欲しいといわれた。

——誰がそんな図々しいことを？

——アメリカの政府高官。たぶん、ＣＩＡ。

ＣＩＡの手先であることを隠そうともしない首相は目的遂行のためには手段を選ばないようです。大統領に泣きつき、舞子を人質に取り、夫を丸め込んでまで首相の座に居座ろうというのでしょう。その頼みを聞き入れる大統領も愚劣です。首相は大統領に内政干渉をさせ放題のスパイでしょうが、私は違います。

——ＣＩＡの人と代わって。

舞子がそこにいる男に「Would you like to talk with my mam?」といっているのが聞こえました。

——Hello, Her Majesty, It's honored to talk with you. My name is……

私はその男の名前も聞かず、こう告げました。

——ジョーカー大統領と直接話しますから、直通の電話番号を教えなさい。知らなければ、私の番号を教えて、大統領からかけるよう伝えなさい。大統領とは以前、宮中晩餐会でお会いしたことがあります。その時にいつでも気軽に電話をといっていました。緊急事態ですから、急いでください。

男は私の剣幕に圧倒されたか、「Copy that. Please wait for 3 minutes.」と請け負いました。三分ではなく、十分後に着信があり、出てみると、ニュース等で知っているジョーカー大統領のくだけた口調が聞こえました。

——Empress Fujiko? I'm Jeff. What's up?

——首相は大統領にどんな頼みごとをしましたか?

——エンペラーが新内閣の承認を拒んでいると聞きました。そのせいで支持率が下がる危険があるので、速やかに承認願いたい、といっていました。政治的な空白ができると、アメリカとの交渉にも支障が出るので、私からもエンペラーを説得してくれるようお願いします。

――ご心配ありがとうございます。それは日本の国内制度の問題であり、また首相の政治姿勢の問題ですので、大統領を煩わせるには及びません。

――そうかもしれませんが、彼は常にアメリカ第一に奉仕してくれるナイスガイで、交渉相手としては何一つ問題がありません。米日親善には欠かせない存在です。

――大統領にとってはかけがえのないバトラー、いいえパートナーかもしれませんが、安全保障や外交に大いなる支障をきたし、また増税や年金カット、福祉の削減等で日本の一般市民に多くの犠牲を強い、その生活を圧迫しております。さらには世論を操作し、歴史を改竄し、公文書を破棄し、多くの不正を働いていることは明白です。新型肺炎が大流行した折も、防疫対策の失敗を隠蔽するために緊急事態宣言をし、国会を停止させ、市民生活に大きな支障をもたらしたのです。そうした内政問題にはあまりご興味はないでしょうが、より多くの国民の福利厚生を考えると、これ以上、政権にとどまってもらいたくないというのが、陛下の率直な思いです。もちろん、世界情勢に鑑み、今後もより良好な日米関係を維持したいと考えておりますので、そのためにも安全保障や貿易、エネルギー問題、外交問題など幅広い分野で改善に努力する人材の登用が望まれます。

――しかし、エンペラーといえども、公正な選挙で選ばれた首相を更迭することはできないはずですが。

――もちろん、そのような権利はございません。良心の自由に則って、意見を述べているだけです。

――エンプレス・フジコ、どうすれば、エンペラーのご不満を解消することができるでしょう？率直なところをお聞かせくださいませんか？

――大統領、あなたは日本側の交渉相手が誰であろうと、アメリカの国益に叶うように行動されるでしょう。これまでもアメリカは交渉の相手にふさわしくないと考えたら、いつでも日本の首相の首のすげ替えを行ってきましたね。

――これはまた率直過ぎる御発言ですね。

――一部の人間を長きに亘って優遇し過ぎました。このまま悪政を放置し続けると、いくら従順で大人しい日本人といえども、自暴自棄になり、怨嗟の矛先がアメリカに向かわないという保証もありません。独裁者が相手の方が何かと交渉もスムースに進むでしょうが、ここは民生の安定を最優先すべきです。今後も日本をパートナーと見做してくださるなら、独裁者に退場してもらい、今一度、民主主義を復活させた方がよろしいかと思います。あなたに忠実な下僕たちは韓国人や人権擁護派を抑圧し、あなたに貢いだ分のお金を弱者から搾り取ろうとしています。そんな彼らを退場させれば、あなたは「正義の鉄槌を下した」と株も上がります。

――なるほど。大胆な提案です。誰か首相に据えるのにうってつけの人材はいますか？

――それこそ不正のない選挙で決めればよいのです。どうか公正な選挙にご協力を。

――今よりマシな首相が選ばれるとは思えませんね。総理になる順番を待っている人たちは數かれたレールの上を脱線しないように走るだけだし、それ以外は政治も軍事も経済も知らない素人ばかりじゃないですか。

——事情通に任せていたから、国際的地位が低下したのです。むしろ素人の方が常識を覆し、復活への道を切り開いてくれそうで期待が持てます。

——エンプレス・フジコとエンペラーは刷新を求めているわけですね。首相はあなたがおっしゃるように私のバトラーに過ぎないので、いくらでも変えることができますが、エンペラーは日本の魂ですから、尊重しなければなりません。誰を次の首相に担ぐべきか、関係者と相談してみますが、アメリカに対して虚勢を張って人気取りをするようなリベラル派や親中派だと長続きしない可能性が高いですよ。

——新首相のお手並みに期待します。今度、大統領が訪日なさるのは新しい首相と首脳会談をする時ですね。その折にお目にかかれればと思います。それから舞子は自由旅行をさせているところですので、警護のご配慮には感謝いたしますが、どうかそっとしておいてやってください。

——わかりました。なるべくさりげなくお守りするよう関係者に伝えます。

ジョーカー大統領との電話会談は五分ほどで終わりました。果たして、大統領は首相の更迭に動くでしょうか？　そして、次期首相人事にも影響力を及ぼすつもりでしょうか？　日本が滅びてしまえば、鴨にすることもできないことは元ビジネスマンのジョーカー大統領なら、よくわかっているでしょう。その彼もいつまでも権力にとどまっていられるわけではありません。

ともあれ、大統領は日本の首相を顎で使うことはできても、天皇や皇后を恫喝したり、操ったりするつもりはないようです。

ハーバード大学のロースクールで学んでいた頃、よく「日本がアメリカの五十一番目の州になったら」という思考実験をしたものです。普通はアメリカへの従属的地位を自嘲する皮肉なのですが、その条件を真面目に考えると、合衆国憲法を始め、アメリカの法治下に置かれることになり、天皇制は廃止され、戦争放棄の規定もなくなります。日本政府は州政府となり、大統領選挙や上院下院選挙で大きな影響力を持つことになります。カリフォルニア州の三倍、アメリカの総人口の四割にも及ぶことから、日本州は実質、アメリカの議会と大統領の決定権を持つことになります。人種構成も変わり、日本語がそのまま公用語になり、属国状態の現状よりもはるかに有利な条件になるでしょう。アメリカがそれを受け容れるはずもないので、結局は冗談でしかないのですが、逆に属国状態から抜け出すには再び独立を宣言すべきではないのかという議論に転じるきっかけにはなるかもしれません。

誰もが心の内に砂漠や無人島、収容所を宿しています。天国や地獄に行った経験がなくても、今ある現実と薄い膜一枚隔てて隣り合っていることを知っています。

施政者が諸外国に自国の利権を売り飛ばし、ごく一部の人間が富を独占し、人々の信頼、善意が失われること、後は野となれ山となれとなること、再起の拠りどころたり得る自然が破壊されること、ストレスの発散に隣国を攻撃すること、あらゆる不正に対して無関心で、自分の生活が脅かされていることにも無頓着で、嬉々として市民が悪政に加担すること、それがすなわち国家が滅びるということです。滅亡は膵臓癌か、肝臓癌のように自覚のないまま進行するのです。

私は行動を急ぎ過ぎたかもしれませんが、間違ったとは思いません。いずれ、この報いがはね返ってくることでしょう。手痛いしっぺ返しなのか、望外の見返りなのかはわかりません。大きな抵抗にさらされながらも、勇気ある行動を取った人に何らかの報酬が与えられるとしたら、それはずっと後回しになるでしょう。名誉も栄光も求めませんが、それらはいつだって誤配され、正しい受取人の手に渡るのはほとんどの場合、死後のことです。

不穏な空気に活気づけられたスノードロップは再び、地中に籠り、沈黙を守ります。一生に三度くらいならば、怒り狂ってみるのもよいでしょう。その怒りに共鳴してくれる人は必ず現れるはずですから。誰かが怒りの声を上げた瞬間から、全ては始まるのです。始めてしまえば、もう半分終わったようなもの。その証拠にテレビが今まで一切報道しなかった「詔勅」を各社一斉に取り上げ始めました。「次期首相候補」に名乗りをあげる人々の発言も盛んになってきました。

侍女の欠員補充はしていません。ジャスミンがいつでも戻ってこられるよう、彼女の部屋はそのままにしてあります。再びたおやかな「世直し」を実行する時にはコンビを復活させる必要がありますし、今度はブルーローズこと舞子も加わったトリオになるかもしれません。夫は今回の件で、自身のわだかまりを払拭できたようで、舞子を女帝にするための戦略を具体的に練り始めました。政権に及ぼす男尊女卑教徒たちの影響力が弱まれば、舞子天皇の誕生はより現実に近づきます。

「良心＝美しい魂」はいかなる権力にも服従しない

涙によって洗い流されたカヲルの目は以前にも増して、不二子の横顔を鮮明に捕らえていた。今この瞬間の眼差しを、この憂い顔を、頬や唇の感触を記憶に深く刻みつけるのだ。カヲルはきょうこの日を永遠に反芻することになるのだから。（中略）

——私たちはまた一人になってしまう。あなたは私を孤独にする。あなたと一緒にいる時でさえも孤独を恐れていた。

『美しい魂』より

作家活動二十年目を期して二〇〇〇年、三島由紀夫の最後の四部作『豊饒の海』、とりわけ『春の雪』を強烈に意識し、不遜にも皇室を巻き込んだ恋愛小説を上梓した。もし、その恋が成就していたら、歴史は全く別の未来を切り開いたはずの危険かつ甘美な恋を二十世紀百年の歴史を背景に開花させてやろうと私は企んだ。

『無限カノン』三部作の第一部『彗星の住人』では、十九世紀終わり、日清戦争時、長崎の芸者・蝶々さんの悲恋からはじまり、亡き母の面影を求め満州と日本を彷徨うスパイとなった二代目、マッカーサーの愛人女優を寝取った音楽家の父、そして世紀を越えて脈打つ遺伝子に導かれ、四代目のカヲルが不二子との危険極まる恋に踏み出すまでを描いた。

第二部『美しい魂』では狂おしくもどかしい恋に翻弄され、期待と絶望の間を行き来するカヲルと手強すぎるライバルの登場が描かれる。天性の美声を唯一の武器に捨て身の恋に打って出るカヲルの恋は実るのか？　不二子もまたカヲルを求めながら、恋に翻弄され、人生を狂わされる。冒頭の引用は二人の最後の逢瀬の場面である。

第三部『エトロフの恋』では恋が最後に辿り着いた場所と心境を描いた。不二子は御所の森へと姿を消した。恋に破れ、家は破滅し、声を奪われ、死者同然に追放されたカヲルは、最果ての島へ辿り着く。黄泉の国と繋がったこの場所で、恋は再び脈打ち始める。人はいくら絶望しても、自分が見る夢、幻に救われるのである。恋に苦しんだ者はなおさらに。カヲルは恋を反芻しながら、思う。自分の一番の誇り……それは不二子に愛されたことだ。この世の営みは恋にも似て、始まりもなく終わりもない。

『豊饒の海』へのオマージュとして恥ずかしくないよう、『無限カノン』の執筆に心血を注いだ甲斐があり、私の代表作と自負できるものに仕上がった。だが、ちょうど雅子妃が懐妊され、出産予定日と出版の時期とが重なり、『美しい魂』の真意が誤解されやすい状況に直面し、出版が延期となったという事情があった。今でこそ、皇室にまつわる報道や意見表明は特にタブー視されてはいないが、当時はまだ昭和天皇崩御以降のメディアの自粛状態を引きずっていたためか、皇室にまつわるデリケートな問題にはなるべく触れないようにする風潮が強く、出版には相応のリスクがあった。

あれから思いのほか長い歳月が経過した。モデル問題が噂された雅子妃も皇后になられた。ご懐妊から今日に至るまで、ネット上では雅子妃に対する読むに堪えないネガティブ・キャンペーンがもっぱら男尊女卑派によって展開されてきた。ヘイトの矛先は韓国や中国、サヨクに向かうのみならず、皇室にも向かっている。憲法によってその地位を保障されているものの、その憲法自体が政権によってないがしろにされている。国民には認められている表現、信教、政治活動の自由も制限され、君主としての意思を表明することも慎まなければならず、皇位継承、皇室存続を巡る議論も棚上げされたままである。そのような状況にあっても、天皇皇后両陛下は「象徴」としてのご自身の役割を真摯に考え、その責務を果たそうと努めてきた。しかし、その地位や制度そのものを自らの意思で変えることは難しく、国民の総意を受ける形でしか何事も変わらない。

またこの間に政治も経済も著しく停滞し、アメリカへの従属体制がさらに強化される一方で、国家主義が幅を利かせ、立憲制度と人権を軽視し、国民に政府への服従を求めるようになった。貧富の差が広がり、国民は分断され、誰もが日本の黄昏をひしひしと感じている。

人々は悪政を正すのに反乱や暴動を起こす必要はない。服従するのをやめるだけでいい。その瞬間から、自分の人生を始められる。無能な支配者に服従しても見返りは少なく、早晩、使い捨てられるのは明らかだ。しかし、一度、服従することの喜びを知ってしまった者はなかなか態度を改めない。多くの人々が服従と引き換えに権力者から多くの役得を得ているからである。下手に体制を打倒したり、改革したりするよりは、現状の維持や強化に与した方が安全だし、保身につながると考える。自由を求めて路頭に迷うよりは、同じ穴の貉でいた方がまし、という理屈によって自分たちの服従を正当化している。結果、誰からも愛されていない無能で、横暴な権力者をのさばらせることになる。

日本の「良心」は何処に行ってしまったのか？「良心」などごく限られたエリートの玩具に過ぎず、大多数は権力者の無責任体質を模倣するだけで一生、「良心」とは無縁に暮らすのだろうか？　私自身、そのようなニヒリズムに陥ったこともあったが、たとえ、そうであっても、「良心」すなわち「美しい魂」の不滅を信じなければ、とても耐えられない。

昨年、天皇の退位と改元があり、にわかに私の心がざわついた。日本の「良心」は立憲君主には宿っているではないか。そうでなければ、本当に日本は終わる。私のような「異端」であっても、「良心」には喜んで服従する。そして、「良心」はいかなる権力にも服従しない。そう思い至ったと同時に、「無限カノン」の第四部を書き、「良心=美しい魂」を復活させようと企んだ。

本作で日本の現状を憂い、悪政を正したいとの思いを、「スノードロップ」のハンドルネームでダークネットに書き込む不二子は、パラレルワールドの皇后であり、いうまでもなく雅子皇后とは一切の関わりはない。カヲルとの恋を封印し、皇室に嫁いだ不二子は三十六年後、凋落著しい日本の復活を模索するのである。パラレルワールドで、彼女と夫の手で密かに始まった「令和の改新」は果たして、私たちが暮らす世界にも波及するだろうか？

かつての恋人カヲルはもういない。二人の恋をサポートし、のちに国会議員となった伊能も謀殺されてしまった。だが、不二子は孤立無援ではない。善意の死者たちが、元ハッカーの侍女が、娘の舞子が、そして天皇が、夢見る皇后不二子の乱に加担する。奇跡は一人の手では起こりえない。

島田雅彦

2020年2月26日

初出　「新潮」２０１９年６月号、12月号

装幀　菊地信義＋新潮社装幀室

図版　Ⓒ Getty Images

スノードロップ

著者

島《しま》田《だ》雅彦《まさひこ》

発行

2020年4月25日

発行者 佐藤隆信

発行所 株式会社新潮社

〒162-8711 東京都新宿区矢来町71

電話 編集部 03-3266-5411

読者係 03-3266-5111

https://www.shinchosha.co.jp

印刷所

大日本印刷株式会社

製本所

加藤製本株式会社

乱丁・落丁本は、ご面倒ですが小社読者係宛お送り下さい。
送料小社負担にてお取替えいたします。
価格はカバーに表示してあります。

ISBN978-4-10-362210-9 C0093

ニッチを探して　島田雅彦

酒場、公園、アーケード、路上から段ボールハウスへ。失踪し追われる銀行員が所持金ゼロで生き延びるニッチ（適所）は何処にある？　21世紀東京版オデュッセイア。

カタストロフ・マニア　島田雅彦

２０３６年、太陽プラズマ放出を引き金に原発危機や感染症が同時発生し、人類は「大淘汰」に見舞われる。驚異の想像力で我々の未来を予見する、純文学×ＳＦの到達点！

奈落　古市憲寿

17年前、人気絶頂の歌姫がステージから墜落した。苛烈な孤独と絶望の果てに、彼女が目にするものとは。家族、そして生きることの根源を問う、著者の最新到達点。

還れぬ家　佐伯一麦

親に反発して家を出たことがある光二だが、認知症となった父の介護に迫られる。そして東日本大震災が起こり……。著者の新境地をしめす傑作長編。〈毎日芸術賞受賞〉

江藤淳は甦える　平山周吉

「平成」の虚妄を予言し、現代文明を根底から疑った批評家の光と影。没後二十年、自死の当日に会った著者の手による戦後を代表する批評家の初の評伝、遂に刊行！

格闘　髙樹のぶ子

駆出しの作家だった私は、ある忘れられた柔道家の型破りな人生を追ったことがあった。しかし取材はいつしか隘路に入り込み——達人が切り拓く新しい恋愛長篇。

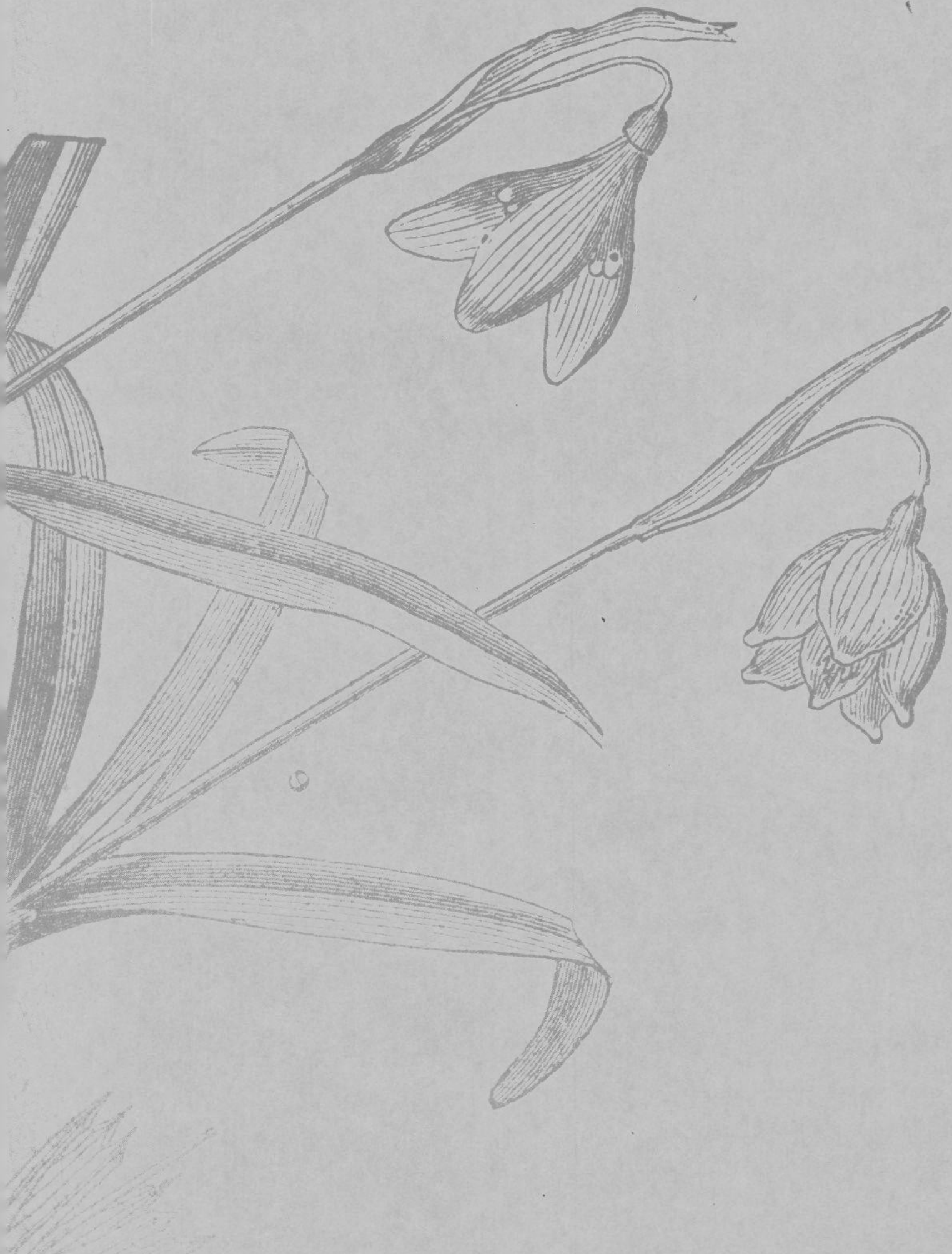